方楼往事

中短篇小说集

诸山 著

北京出版集团
北京出版社

图书在版编目（CIP）数据

方楼往事：中短篇小说集 / 诸山著. — 北京：北京出版社，2023.8
ISBN 978-7-200-18044-2

Ⅰ.①方… Ⅱ.①诸… Ⅲ.①短篇小说—小说集—中国—当代 Ⅳ.①I247.7

中国国家版本馆CIP数据核字（2023）第120491号

方楼往事
中短篇小说集
FANG LOU WANGSHI
诸山 著

*

北 京 出 版 集 团
北 京 出 版 社 　出版
（北京北三环中路6号）
邮政编码：100120

网　　址：www.bph.com.cn
北 京 出 版 集 团 总 发 行
新 华 书 店 经 销
北京建宏印刷有限公司印刷

*

889毫米×1194毫米　32开本　7.25印张　150千字
2023年8月第1版　2023年8月第1次印刷
ISBN 978-7-200-18044-2
定价：39.00元
如有印装质量问题，由本社负责调换
质量监督电话：010-58572393
编辑部电话：010-58572414；发行部电话：010-58572371

前　言

呈现在这里的文字，是我早期的部分中短篇小说习作。

更早的时候还在烟台山下读师范，知道了校长萧平是一个杰出的作家，还知道了两个杰出的校友，一个是张炜，另一个是矫健。他们的个头相差无几，骨骼清奇，但矫健似乎喜欢戴一顶帽子，微微笑着。斗转星移，某日，我坐在矫健的右手边向他敬酒，是啤酒。我说："祝矫老师身体健康。"复敬，又说："向矫老师致敬。"其实我真正想表达的是向矫老师学习，希望自己见贤思齐，文学创作更上一层楼，但如果我说了学习，容易令人联想到"向……看齐"的引申——这看似低调的字眼里隐约包含着可能讨嫌的自信，很忤逆的，所以婉转用了"致敬"二字。

"致敬"云云，寓意颇为深刻。站在自己能够达到的高度鸟瞰过往，仿佛流光闪烁，感慨良多。作为一个从20世纪80年代出发的文学"信徒"，漫长跋涉之初，每每迷失于荆棘丛林，张皇失措，有时谈不上创作，充其量只是为写而写的东施效颦。比如我1996年发表的短篇小说《海事》，便是以某个美国作家的叙事模式为范本的照葫芦画瓢（本集未收录）。发现此路不通，继而陷于巨大的困惑，备受折磨。这种折磨持续了一段时间，迫使我作了若干对文学本质的思考，从此手脚并用，行行复行行，即令求学路道长且阻，教书紧张劳顿，也不曾中止，像一个新手程序员那样不停地写，又不停地删除。那些被大量删除之后侥幸留下来的记录，或逃往各类大小报刊，或沉睡箱箧，偶尔白日曝晒，依然翻腾着期冀、徘徊、忐忑、浪漫幻觉、自我否定和血脉偾张的斑斓映象。

其中"自我否定"始于何时，记不清楚了，但"自我否定"之后的历程则可以拿这本小说集来证明。集子里的8篇小说都是曾在国内期刊上公开发表出来的，而当年发文的期刊，有的却已步入历史（如《海峡》《新生界》《大时代文学》）。将这些小说文本结集出版，不仅因为它们无一例外皆为我早期读书和教书生涯的衍生品，属业余为之，虽难免稚嫩、青涩，却值得纪念；还因为对我而言，这几篇小说有着非同寻常的意义：我恰恰是在写这些小说的过程中懂得了何谓小说的——世上本无司季妹，我也未曾到过西藏，迄今没有踏足与我大学时代的课桌相距130公里的成山崖（天尽头），然而我却可以通过小说再三造访，以至于耳熟能详，胸有成竹。这正是小说境界的曼妙之处。

谨以此向教授生涯揖别，向未来招手，向文学致敬。

目录 Contents

- 女知青司季妹的故事 /1

- 硕士圈 /19

- 西藏舞蹈 /44

- 校园没有桃花源 /71

- 天尽头 /85

- 新闻圈 /134

- 99大学笔记 /161

- 方楼往事 /202

女知青司季妹的故事

这个故事,别人及我自己都已经讲过很多次了,但我还是想再讲一次。

——题记

我要告诉你的这点事儿,恐怕得从司季妹来这儿之前说起。对此,你也许会觉得无所谓,可是如果不这样做,你就不知道我是个什么东西。

他们说:"宗亮那小子,差不多算是一个人物了。"

他们又说:"这地场儿从前很是出过一些小知县大知府以及秀才举人的,光宗耀祖誉播四方。村庄如龙卧山脚,一条古老的沙河傍村而下,在北边豆角湾那里入了海,可谓山清水秀、人杰地灵,却偏偏出了宗亮这么一个傻子。有道是物以稀为贵,物、人同理,所以宗亮差不多算是一个人物了。"

宗亮者,在下也。说我是个人物,仔细体味,多少有些抬举的意思。"人物"二字何其了得,加诸我头上,令我诚惶诚恐深感惭愧。德强他们就比我好,什么都要比我多明白几分。我九岁那年秋天开始上学,一口气上了六年,德强他们已从小学升入了初中,可我还是留在小学一年级没挪窝,倒是大体上知道了十个手指头加上十个脚指头等于二十个手指头。只是弄不大明白,为什么别人总爱取笑我。笑笑也就罢了,还总爱问:"宗亮,你有几个手指头？"

"十个。"

"几个脚指头？"

"十个。"

"手指头加脚指头一共有几个手指头？"

"二十个。"

嫌不过瘾，还要趁机打听一些别的。比如——

"宗亮，你爹昨夜里保准又欺负你娘了。"

"你们是怎么知道的？"

"这个嘛，你就甭管啦，反正你娘在上头，你爹在下头。"

"瞎说！是俺爹在上头，俺娘在下头。"

他们就放肆地笑："哈哈哈！哈哈哈哈！"

我也不明白，依山傍海的，那些年头为什么总是食不果腹。麦子种了，苞米种了，到头来却没粮可吃。一日三餐简单得不能再简单了，经常就是一锅稀粥，几大碗山呼海啸地下去，不大工夫就能听到肚子里山呼海啸地泛起饥饿来。爹是生产队的保管员，让娘在裤子上缝了七八只暗兜兜，隔三岔五地往家里倒腾些粮食。家里的日子因此而略见滋润，没有吃完的窝窝头在碗柜上闪着温馨和美丽的光泽，间或还能吃到爹带回来的豆饼什么的。豆饼不是本村的产品，也不是一种食品，而是生产队从外地采购回来预备用铡刀铡成碎块和了化肥一起喂庄稼的，喂了豆饼的庄稼就会长得又粗又壮。问题是豆饼可以吃——不仅可以吃，而且很好吃，吃起来口舌生津，老少咸宜，个个喜欢。那时候人们的肚子里缺油水，吃了香喷喷的豆饼不亚于吃了唐僧肉，所以铡豆饼那天人们是不会轻易错过的，都整整齐齐地集中在部队等着吃上一块，再吃一块。往往豆饼尚未下地，已被吃去多半。当时这些都算合法，就是不准往家里拾掇。但爹还是有办法把一大块豆饼运回家里，分给我一部分，让我赶紧吃了，并千叮咛万嘱咐不要往外说。我嘴巴上应承着，却悄悄留下了一小块拿到大街上去炫耀。被德强看了去，问："宗亮，你的豆饼是哪儿来的？"

我说："俺爹从队里拿的。"

这话很快传到了凯菊的耳朵里。凯菊是民兵连长，长得五大三粗，蓄一脸络腮胡子，原是公社武装部一个什么角儿，佩支手枪，据说是手枪走火误杀过一个什么女子被处分回来的，相当于从正规军变成了游击队。现在当起了民兵连长，依然很威风，说一不二，看哪个不顺眼便整哪个，许多人都怕他三分。他把两只手掐在腰眼里，紧绷着脸问："老实说昨晚你爹往家里拿了什么？"

"豆饼。"

"几斤？"

"不知道。"

"多大？"

我用手在空中比画了一下："这么大。"

"好，回去告诉你爹，说我在大队等着他。"

爹先狠揍了我一顿，气歪了脸："老子怎么养了你这么一个东西？！"

爹不认为我是一个人物，只把我看成一个东西。东西不如人物，所以爹对我的评价并不算高。不过据我的经验，这更多的是他心里的想法而已，一般不直接说出口的。他若说出口了，必是因为生了我的气，像我尿床时那样。我从一出生就开始尿床，之后乐此不疲，一口气尿到十七岁，爹就跟着生气到我十七岁。不用说，爹是害怕他再也干不成保管员了。这个差事既实惠又轻松，多少人巴望着。过去爹拿了那么多那么久的苞米反而没有事，如今为了一块豆饼把这个差事丢了实在可惜。凯菊肯定会咬住不放，那么愿意整人的人——天要塌下来了。越想越恼火，越想越不解恨，临出门，爹还没忘记冲我吼了一嗓子："没有用的东西，你简直是作死啊！"

我为爹感到难过。然而，十分有趣，凯菊对爹的惩罚不是取消他的保管员资格，而是让他领回家一个水灵灵的女知青。

关于城里的知青要来插队落户的事，是早就有了传闻的。起初都觉得不大可能，细皮嫩肉的城里娃，日子过得好好的，千辛万苦来乡下干吗？是吃饱了撑的吗？再说他们来能受得了这份罪吗？在乡亲们的眼里，城市与乡村是截然不同的两个世界：一个文明一个落后，一个舒适一个辛苦，好比井水与河水，无论如何是走不到一起的。但后来的事实证明了这些传闻并非空穴来风，知青真的来了。锣鼓声声红旗飘飘，广阔天地大有作为。知青们一批批地来了，一批批被漆成墨绿色的解放牌卡车从县里载到公社，然后分散到各个村庄去。各个村庄自愿去公社领人，男女搭配，男的多一点还是女的多一点都可以商量解决。但凯菊觉得他们来了肯定事多，又不能当劳力使，说不定还要专门派了人照顾他们呢，想等等看看，能免则免，就借口大队没有多余的住房，把头几批要来的知青顶了回去。现在公社一下子分下来七名知青，且全是蹲着撒尿的姑娘，明白告诉凯菊：安排得下要安排，安排不下也要安排，否则就以抵制新生事物、反对知识青年上山下乡论处。凯菊明明知道这七名女知青都是别的村庄不肯接收的，人家挑走了男的，剩下的这些女的没人要，公社只好采取这种强压的办法。凯菊这下没了辙，就哪家住房宽裕往哪家塞，不乐意也不行，安排来安排去还余一个人。我们家四间房三人住，腾一间出来应该没问题，凯菊便打上了我们家的主意，正好爹拿豆饼的事给我露了馅儿，要想继续干他的保管员，只好依了凯菊的意思。

就这样，司季妹住进了我们家。

司季妹看上去比我大不了几岁，二十一岁或二十二岁的样子，恬静、斯文，一张长圆脸，一头乌黑的齐耳短发，显得格外清爽。她的全部行李只有一只帆布背包和一个方方正正的活页夹子，后来才知道那就是画夹。司季妹会画画呢。

我骤然添了心事。这很出乎我的意料。整个眼睛、耳朵甚至鼻子都转向了司季妹。某种按捺不住的想了解她、亲近她的欲望像点着的柴火一样从心底升起，燎得人难受。我寻思这十有八九可能又是因为我是一个傻子的缘故。我不知道是否天下所有的傻子都和我一样，反正我活了这么久，还不曾有过这样的经历。我头一回知道了牙齿还可以刷一刷。司季妹早晨起来把一支带柄的小刷子伸进嘴里，沙沙沙沙，嘴里瞬间冒出香喷喷的白沫沫。这些白沫沫就像一串串梨花儿，吊在她的下巴颏上。刷完牙，她用一块粉红色的胰子洗脸，把脸洗得白如雪、明如水。她的手指又细又长，我就想："她的手指是怎么长的呢？连里面的骨头都似乎是透明的。"此外，她还穿了一种我从前从未见识过的小衣服。这种小衣服是她洗过后晒到天井里被我偶然发现的，只有窄窄的一绺儿，说背心不像背心，这样小的衣服怎能穿得下呢？我大为好奇，晚上趁爹娘不注意，扒住司季妹那间房的门缝往里窥探，看见她正把那件小衣服往胸前套。她的胸套了那件小衣服立刻挺拔和神秘起来。我感到那儿一定也散发着令人激动的粉红色胰子的香味儿。

司季妹说话的声音里更有一种撩拨人心的东西，那是与乡下妹子既相似又不同，让人感到既陌生又亲切的东西——同样的话，从她的嘴里一出就变成了歌。对于我的心灵来说，她的声音本身就是一种美妙的歌。

"大伯，你早啊。"这是在跟爹打招呼。

"大妈，添麻烦了。"这是对娘说的。

"宗亮，你像一株小松树呢，"她对我说，"又高又结实，我来给你画一张素描吧。"

一支又黑又粗的炭笔被她纤长的手指捏着，刺刺嚓嚓，左涂右抹，前后旋转，或快或慢，或轻或重。我纹丝不动地站在她的面前。我看不见她画了什么，但能听到、感觉到她正在用那支笔把我一点点地画在她的纸上。这时候我真希望自己就是一株树，长满了枝杈和树叶，怎么画也画不完，她就会这么一直画下去。

"宗亮，你看像你吗？"她抬起头来，笑盈盈地望着我。

我接过她递过来的画，几乎惊呆了。我的目光一会儿落在眼前的画上，一会儿落在她的手上，我想这一定是仙女的手，因为只有仙女的手才能画出这么好的画来。你想象不出画得有多好，嘿，这么说吧，画中的人好像不是用手画出来的，而是我趴在纸上印出来的。

我把画送到爹娘面前，他们的感觉跟我一样。爹从队里捎回几块木板，找人做了一个框，把画装了进去，对娘说："别看咱儿子缺俩心眼儿，可给司姑娘这么一画，猛一看还真像个人五人六的呢。"

这是司季妹给我画的第一幅画，至今还在家里的墙上挂着。如果我继续活着，我就准备继续挂下去。司季妹还给我画过第二幅画的，那是一株树，一株真正的松树……哦，那已经是很久以后的事了。

说到这儿，顺便提一提豆角湾吧。豆角湾对我们的故事至关重要，其他的什么你若是过目即忘也就罢了，但你不可忘记这个像豆角一样又扁又长的豆角湾。豆角湾是沙河融入大海的地方，由于河水与潮汐的交互作用，形成了一个半月形的浅水湾，绿树环绕，景色优美。女知青们来了很快就发现并喜欢上了这个去处，常结伴前去游玩。司季妹每次去那儿都忘不了背上她心爱的画夹。别的姑娘沿着河岸嘻嘻哈哈打打闹闹地远去了，唯独她坐在一个地方，一画就是一整天，直到太阳落山才回来。

我们这个地场儿的营生大致有两种——农事和海事，基本不分什么主次，一切根据实际需要，该忙什么忙什么，忙完这一桩再忙另一桩。相比之下，海事的时间性并不强，早一天晚一天无碍大局。农事就颇不一样，一年之中有两件大事是不能马虎的：三夏和三秋。三者，盖指收、晒、种也。收、晒、种合三为一，意为时间紧迫。比如三夏，那麦子从成熟到收割也就是三五日工夫，时间一长，麦粒儿要落地，遇雨要生芽，清不出田来，还会耽误夏种。我们村小人少，一般情况下都是倾巢出动，叫作男女老少齐上阵。司季妹她们来了不久，就赶上了忙三夏。凯菊一声令下，她们也跟着挥镰上阵了。

　　让司季妹她们挥镰上阵，是对她们的照顾。三夏里收麦子其实就是拔麦子，历来都是徒手连根带坷垃拔出。这样的做法至少有两个好处：一可使田地干净平整有利于夏种，二可留住麦根用作过冬的燃料。这是女知青们干不了的。乡亲们弄截麻布带子将手指简单一缠，算作保护，然后就猫下身子，半蹲半弓地开始拔。拔麦子按"眼儿"计工分，一行为一个"眼儿"。一般的男劳力一次至少拔四个"眼儿"，多的时候也有拔五"眼儿"六"眼儿"的，女劳力大都拔三个"眼儿"。拔麦子讲究个技巧，半蹲半弓，一个姿势到底，边拔边随手甩去麦根带出来的土疙瘩，还要把麦子结结实实捆好，整整齐齐放好。一个腰粗细的麦捆从麦子拔出、抖土、捆绑到放好是眨眼间的事，麻利得让人看不清哪个动作在前，哪个动作在后。不大工夫，老乡们的身后就留下了一长串大小均匀的麦捆。女知青们看花了眼，大呼小叫着掼了手中的镰刀，也想学乡亲们的样子下手拔，结果不但麦子没拔出几棵，反而给麦秸划破了手。有几个用过了劲的，向后重重摔跌过去。司季妹是第一个摔倒的。她揉着屁股爬起来，愁容满面地往前头看，正好与我的视线相遇。

我常想，不管我究竟算是一个人物还是东西，我首先应该算是一个爷们儿。爷们儿自然就有爷们儿的力量，这与人们送我的那些杂七杂八的名号并无什么关系，何况我现在已壮得像一株松树，就像司季妹看到的那样。因此无论什么样的力气活儿，对我都不在话下。别人干多少，我也能干多少；别人干到什么程度，我也能干到什么程度。但是这一回德强他们每个人拔了五个"眼儿"的麦子，我却只拔了四个"眼儿"。我是有意要拔这么多的，四个"眼儿"当然要比五个"眼儿"好拔，我拔到别人的前头，就可以时不时从麦田里站起身来，回头看一看司季妹。就这样，我接住了司季妹的目光。

此时我站着的地方距离司季妹有多远呢？这个我可说不好。对这些乌七八糟的事情，我总是说不好，不过我能清楚地看到司季妹脸上的表情。炎炎烈日下，她脸上的表情并不轻松，大约正在为手下的活儿犯难呢。我想：司季妹你犯什么难呢，你们又不像我们一样靠挣工分吃饭，你们吃的是供给粮，能干多少就干多少，何必发愁呢？这样想着，我朝司季妹摆了摆手。

司季妹好像很高兴，立刻冲我扬起镰刀，使劲摇着。

她还叫了我的名字："宗亮！宗亮！你拔得好快呀！"

我的心里顿时一片凉爽。

不干活儿的凯菊戴顶灰草帽，抽着烟在麦田里来回巡视，看谁拔得不干净、捆得不结实。司季妹的喊声把他引了过去。他瓮声瓮气地嚷嚷:"喊什么喊什么,这大热的天!还不赶紧割,你们一个人一'眼儿'够便宜的了,怎么还跟不上趟儿?甭指望会有人来帮你们,今天你们什么时候割完了,什么时候收工!"

七个女知青,头一回接触到这样又累又脏又埋汰的活儿,尚未动手开割就已被烈日烤得汗流浃背,一开割更是干渴难忍,本来就满腹委屈,经凯菊这么一激,就有人忍不住流下泪来——模样是很悲伤的。但悲伤归悲伤,麦子还得割,于是她们一边流泪一边割麦,气氛很是有些遭遇流放的凄惨。

拉麦子的大车来的时候,我的四"眼儿"麦子拔完了,凯菊喊我去帮忙装车。装车不给计工分,是义务,只要我在场,这种义务便永远是我的。因为我傻,所以从未对这种义务的合理性提出过任何异议。久而久之,别人习惯了,我也习惯了。

拉大车的牲口无非是马骡牛驴,但三夏大忙时节为了抢速度,慢腾腾的牛和驴子是派不上用场的,全是马和骡。马也好骡也罢,快则快矣,却有个共同的毛病——易受惊,有时一点小小的动作就能使它们尥起蹶子来。问题因此复杂。它们尥了蹶子,人躲闪不及,沾上骨骨折,沾上肉肉裂,这还都算是走运的,弄不好给踢中裤裆,连下一代人的事也都交待了。这样的事不是没有过,所以除了饲养员和车夫,愿意接近它们的人真是不多。我不在乎。纵然马骡们会尥蹶子,可我也犯不着怕它们,再怎么说它们也是供人役使的牲口呀,而我是个爷们儿。

大车从地头开始装麦捆,经过女知青她们那一截时,我发现司季妹已经扔了镰刀,一只手捂住另一只手,双颊苍白地坐在地上。

我跑过去一看,她左手的两个指头被镰刀割了,很深的两道伤口,血从里面汩汩涌出,漂亮的手掌和手指都被血水染红了。我没怎么考虑就拔腿跑出麦田,在路边的地埂上捋了一把针叶草,回来夺过她的左手,把两个手指头含进嘴里,用舌头吮干那上面的血,将针叶草揉碎了敷在伤口处,然后再解了我手上的麻布带子替她包扎好。我做着这一切的时候,司季妹和我谁也没说一句话。我的注意力全集中在她的手上,而她则自始至终盯着我的每一个动作,所以就没有注意到凯菊是什么时候站到了我们身后来的。凯菊此刻反剪了双手,嘴角挂着嘲弄的笑容,一脚把我从司季妹面前踹开,声音从牙缝里挤出来:"干什么干什么,不是叫你去装车嘛,你跑到这边来舔女人家的手指头!"

我说:"她的手指割破了。"

凯菊说:"那关你屁事,装车去!"

我说:"她的手指割破了,割不了麦子了。"

凯菊说:"割不了也得割,就是用牙啃,也要给我啃下来。"

我说:"那你先啃给我看看。"

凯菊瞪大了眼睛:"什么,你说什么?反了你了,你再给我说一遍!"

我说:"你先啃给我看看。"

凯菊刚才踹我用的是哪一只脚我没看见,现在他向我飞起了右脚,他大概想用这一脚来解决全部的问题,就是说他想让我永远趴在这儿不再起来了,因为我看见他的脸变成了猪肝一样的颜色。那是他狠狠憋足了一口气、运足了一股劲的结果,我们如果

—11—

想拦腰踹折一株树,就会这么做。不过我并没有傻到原地不动干等着挨踹的程度,即使司季妹没有猛地一把推开我,我也会一步跳开,而司季妹不失时机地从后面猛推了我一把,这使我有足够的力量一步跳开了老远,与凯菊拉开了一段距离。这个动作完成于一瞬间。我以近乎同样快的速度又跳了回来,并从地上捡起司季妹扔下的镰刀牢牢抓在手里。凯菊气红了眼,恶狠狠地再次向我扑来。但当看到我毫不犹豫地抡起了手中的镰刀时,他就像被射中翅膀的麻雀突然改变了飞行的方向一样,一下子反弹回去。

"好好好,你敢不听指挥,我非扣你的工分不可!"扔下这句话,他悻悻地离开了。

司季妹长长地松了一口气,说:"他走了。"

"邪不压正,"我说,"你的手还疼吗?"

她说:"好多了呢,这种草挺管事的。这叫什么草?"

我说:"针叶草,管止血的。"

她说:"宗亮,你真行,你镇住了他。"

这使我不好意思起来。我讷讷地说:"那我去装车了,你小心着点。"

车夫是个舅舅不亲、姥姥不爱的光棍汉,对我的多管闲事老大不高兴,这阵子竟一个麦捆也没往大车上装,怒气冲天地等着我。我来了他又无缘无故地鞭打牲口出气,牲口们被折磨得异常暴躁。就在我叉了麦捆往大车上抛的当儿,它们受了惊,嘶叫着奔跑起来。我正好站在一只车轮的前面,刚要抬腿就被脚底的麦捆绊倒,这只轮子从我的肚子上稳稳地轧了过去。

幸运的是我还活着。我的肠子都被挤出了一大截，我居然还活着。沾了刚拔过的麦田泥土松软的光，我的骨头一根也没有断。这充分证明了我或将不朽。当人们像对付死尸一样把我抬着送到公社医院的时候，我双目紧闭牙关紧锁，如医生所说：处于休克状态。不过我能听见人们的声音。人们在此危急时刻说了许多令我感动的关爱话。比如：甭看宗亮是个傻子，心眼儿却是不难使唤，可惜呀可惜。比如：也不一定就是可惜，谁知道到底是活着好还是死了好呢？他要是活着早晚是他爹娘的累赘，不如这样不痛不痒地去了，一了百了。比如：唉，万一他再给治过来，半死不活的，又傻，那可惨了。总之，类似的话后面还有好多，我记不清了。这里面交替出现了好多让我熟悉的声音，但我分辨不出都是谁的，我又累又困，很快就睡过去了。

我痛痛快快睡了一觉。这一觉睡得很长，很香。我梦见了司季妹，闻到了她刷牙刷出的白沫沫的香味和她洗脸用的粉红色胰子的香味，还有她手指上、头发上的香味。我甚至触摸到了她的手指和头发。我心底荡漾起无边的幸福，泪流满面地叫了一声："司季妹！"

"呀，宗亮，你可醒过来了！"司季妹的双手握住我的双手，紧贴在胸前，惊喜地叫着。

我看见司季妹的眼睛里有晶莹如泪花儿的东西在闪耀。司季妹说："我就知道你一定会醒过来的，我有这个预感。"

我不知道什么是预感，我只知道我的心里充满了漂泊不再、风平浪静的安适，我就咧开嘴，傻傻地笑了。

我在医院一直待到麦收以后。麦收结束后，凯菊给女知青们放了三天假。这三天里，司季妹天天来看我，给我讲了不少城里的新鲜事儿，使我眼界大开。她的声音一如既往地令我陶醉。有时听她说话，只是听着她说话的声音，就令我感到快活和满足。我不但庆幸自己被大车轧了一下，而且后悔没有给轧得再厉害些，好让我就这么一直躺下去，听司季妹说话。我越来越离不开司季妹的声音，越来越依赖司季妹。每天醒来的第一件事，就是等待看到司季妹的身影。司季妹出现在病房里的时候，哪怕是阴雨绵绵，我也会感到阳光灿烂、春意盎然。这时候我就想，天底下再也没有比这间病房更美的地方了。我好像就是为了到这里来才出生并且活着的。如果哪一天司季妹没有来，我就会被绝望和忧伤所笼罩，感到自己被这个世界、被所有的人抛弃了，对我来说一切都成了多余的，包括生命。什么也不能使我的心灵产生一丝一毫的激动。

司季妹一连好几天都没有来。她赶海去了。三夏过去，海事又接踵而至。女知青和乡亲们一起去赶海，挖蛤蜊或者钓蛏子。这儿广阔无垠的漫漫海滩到处生长着肉肥味美的蛤蜊和蛏子，取之不尽，用之不竭。但那时的政策不允许随随便便取用，也就是说不允许人们私自赶海，更不允许将私自赶海的收获偷偷拿到集市上去换成硬通货——当时对这种行为有个非常流行的称呼，叫作"资本主义尾巴"，逮住了是要毫不留情地割掉的。因此赶海都是在集体组织下进行的，集体赶海的收益可用来采购生产队缺少的化肥和豆饼之类。一旦化肥和豆饼之类的东西不再缺了，海事也就自然终止，否则纵然是集体行为，政策上也是不允许的。

所以大部分蛤蜊和蛏子都自生自灭了。所以靠海的人也就并没有因为蛤蜊和蛏子可以当作美味或者赚取硬通货的商品而不饿肚子。

挖蛤蜊和钓蛏子虽说时间性不强,但毕竟是一件苦差事。别的不说,这三伏天的海风吹在身上,干热如火,戴了草帽也抵挡不住,那种滋味并不比烧伤或者烫伤来得轻松。不经常赶海的人,下去个把钟头,脸就被吹红了,如果时间再长一些,额头、鼻子、手臂……总之任何暴露在外的部位都会慢慢变成瘀血一样的黑紫色,用不了两天便要如蛇般蜕下一层皮来。到了晚上,一见凉风,火辣辣的,疼得你没法儿睡着。这样的活儿,土生土长的乡亲们也会感到头痛,更何况来自城市的女知青了。我想象不出司季妹她们是如何撑过来的。反正当司季妹再次走进我的病房的时候,我竟有些认不出她来了。站在我面前的不再是原先那个皮肤白皙、面孔娇嫩的司季妹,而是一个皮肤黑红、疲惫不堪的女人,衣服上隐约可见一簇簇白成碱花花儿的汗渍。

我为她感到心疼。她却没事儿似的笑嘻嘻地说:"赶海比割麦子强多了,海那么大,还有那么多的海鸥。你不知道,铁叉子往沙滩上那么一掘呀,嗬,就出来了密匝匝的蛤蜊呢!"

"那么,钓过蛏子吗,你们?"

"没有,不会钓呢,那钩子一捅下去,蛏子就跑得没影儿啦。"

"我会钓,等我出去了,我教你。"

"钓蛏子好难学吧?"

"不,好学着呢。"

"可你什么时候才能出院呀,等你出了院,我和胖妞她们要去豆角湾洗澡,到时候你给我们看着人。"

我觉得我可以出去了。医生说我出院可以,但不能马上干活儿,还必须恢复一段时间才行。这些话是医生对爹娘讲的,他们听得很认真,准备照医生的话办。于是我出了院,就一心一意地待在家中,等着司季妹她们去豆角湾洗澡的时候给她们望风。她们去豆角湾,一般选择有月亮的傍晚,每次下去洗一两个小时。那儿成了她们的天堂,她们在水中嬉戏。从她们洗澡的地方到我望风的路边,中间隔着一截二三十米宽的斜坡,斜坡上有不少松树,但更多的是棉槐树和荆条之类的灌木。这些灌木对彼此的视线起到很好的屏障作用,她们无法看到我,我也看不到她们,但我可以感觉到她们,我能非常清晰地听到她们轻轻入水的声音,甚至激起片片水花儿的笑声。此刻我真想让自己变成一条鱼,融入她们之中。但最终我还是安静地守在原地没有动,因为我知道司季妹不希望我那么做。

天气一天比一天热,豆角湾对女知青们的吸引力也越来越大。她们去那儿的次数明显增多了,一开始是三四天去一次,后来是两三天、隔天去一次,最后是天天都要去。她们说,要是天天这么泡在水里该有多好啊。我心想,那有什么好的,那不真的成了鱼了?真成了鱼就没有什么意思了。不过没有月亮的时候她们一般不怎么去,她们怕那漆黑一团的夜晚。只有司季妹不怕,我知道这主要是有我陪伴的缘故,这很合我的心意。我希望她能有什么事依赖我、离不开我。常常是刚刚吃罢晚饭,我们两个就出发了。

一个有风无月的晚上,洗完了澡,司季妹正要上岸,突然异样地叫了一声。我拔腿冲过去，黑暗中见司季妹模模糊糊地趴在岸边，虽然只有脑袋露出水面，但我还是能感觉到她的浑身颤抖。她结结巴巴地说放在棉槐树上的衣服不见了，说一定是被风从树上吹到水里给冲走了，让我赶快回去到她的房间再取一套来。我说："司季妹你等着我，别出声。"然后就一路小跑着回来了。司季妹住的那个房间以前我是经常出入的，但自打她住进去以后，我还从未进去过。现在我第一次站在了她的房间里，里面处处洋溢着粉红色胰子和某种莫名的、特别的香味。我兴奋不已，贪婪地张大嘴巴呼吸着，像狗一样嗅嗅这里闻闻那里，同时伸手摸一摸司季妹用过的东西。我顺手打开了司季妹的画夹，一下子看到了许多光着身子的画，这些画都是司季妹自己画的自己，我想水中的司季妹也是这个样子。她如此迫近、如此真切地将自己的青春胴体一览无余地展现在我的面前，大大超出了我的心理承受能力。我一时张皇失措，不知该怎么办，心如鹿撞，怦怦乱跳，一边为自己的迅速膨胀起来的欲望臊得两耳发热，一边迟疑着把手放到了司季妹的脸、肩头、乳房、胳膊和膝盖上，并情不自禁地把这些画揽在怀里抱了一会儿……等我拿了衣服返回豆角湾时，却发现司季妹已经穿上了衣服，双手捂了脸呜呜地哭。我傻则傻矣，但恍惚中还是意识到司季妹必定是出了什么事，可是问也问不出，越问她反而哭得越厉害。见她难过成这个样子，我虽然是个爷们儿，最后也忍不住放了悲声，哇哇号哭起来。

　　此后，司季妹和女知青们再也没有去过豆角湾。

　　司季妹彻底变了一个人，终日寡言少语，只是默默干活儿，连我都不怎么搭理了。到了晚上,她便把自己关在房间里,有时候夜已经很深了,还能隐约听到她压抑不住的长长的悲泣。再往后她的身体就坏了,吃不下东西,吃什么吐什么。身体好起来的时候,她到城里去了一趟,回来后人比以往更显憔悴。不久,她就嫁人了,是从我们家走的。临走前的那个晚上,她把我叫到她的房间去,说:"宗亮,你知道吗,这个世界上,真心对我好的人只有你一个,可你偏偏是个傻子。"在此之前,我曾一直担心司季妹会对我有与众不同的看法,就是说,不把我当作傻子看,现在看来这种担心是多余的,那全是我这颗傻瓜脑壳里杜撰出来的自欺欺人的东西。听了她的话,我如释重负地松了一口气。司季妹继续说:"不过傻也有傻的好处,就像一株松树那样,无忧无虑。我喜欢松树,我给你画一株真正的松树吧。"

我产生了一个亮得耀眼的想法儿,让司季妹的手指抚摸我的身体,我要体会她的手指在我身体上抚摸的感觉,画一株松树,不是用笔,不是在纸上,而是用手指蘸了墨汁儿,画在我的身上。

我脱去了上衣,说:"你用手指在我身上画吧。"

她就在我身上画了一株松树,树根在肚子上,树梢顶到下巴颏儿,然后写了"幸福的松树,司季妹画"九个字。

她的手指在我的皮肤上运行的时候,我闭了眼睛,把纤长的手指想象成无比锋利的刻刀,便有一种被人凌迟的畅快感。

司季妹嫁给了凯菊。凯菊几年前死了老婆,给他留下了两个儿子。司季妹嫁过去又给他生了一个儿子,这样凯菊就统共有了三个儿子。

硕士圈

京广线上,车厢里拥挤不堪,热气腾腾。一个戴眼镜的小伙子靠窗坐着,正拼命把鼻子伸出窗外。他的小细眼睛在厚厚的镜片后面不耐烦地眨个不停,嘴里似乎咕哝着什么。他看上去白净、孱弱,颇带书卷气。坐在他对面的小伙子,年龄跟他差不多大,肤色有点黑,极像如今见过外面世界的农家小子。他的国字脸庄重、宽容、棱角分明,敏感的嘴角透着执着、坚定和自尊。他显然听见了同伴的咕哝,只是无心搭腔,意图让注意力飞越这恼人的车厢。他的眼光有些迷离。

一个被挤得变了形的姑娘正羡慕地朝这边张望。

他们两个是同一所大学历史系的硕士生,刚在广州参加了纪念当代史学泰斗陈寅恪先生的国际学术讨论会。这是他们两人第一次来南国。

"开杰,我们应该晚走一天才是,好多看看这美丽的羊城呀。"戴眼镜的小伙子往前凑了凑。

"醉翁之意吧。"开杰笑道,"你是在乎那么多羊城靓妹呢。"

"当然,这儿的女孩就是不俗嘛,穿着既大胆奔放又自然得体,而且笑容可掬,极有人情味儿,讲起话来像唱歌——买票买票,上车的旅客请买票,月票请出示,下车的旅客请准备!怎么样,有没有广东味儿?"

"哎呀阿宁,我看你真是和女乘务员有缘哪!又遇上什么绝代佳人啦，是不是？"

阿宁就苦笑。那年阿宁报考的是杭州某大学。如果不是交通车上那嗓音圆润、天生丽质的女乘务员的吸引，他决不会像钉在座位上一样坐了一站又一站，以致错过了复试时间。待他回过神来风风火火地赶到复试地点时，早已人去楼空……可是那个女孩的确非常漂亮呀，阿宁想。只是后来再去杭州，逛遍大半个城也没有再看到她，乘务员为什么要经常换呢？也许她已经改行了。那么，她为什么要改行呢？他皱起眉头想了一会儿，想不出所以然来。"我说真是一件令人大苦恼的事呢。"他半对开杰半对自己咕哝道。

"这么说你爱上她了？"

"你见了也会爱上她的。"

"有这么迷人？"

"你怎么说都不过分。"

阿宁扶了扶眼镜，一下子发现那个朝这边张望的姑娘。第六感在说那姑娘被紧挨着她的两个肥壮男人挤得百般温柔，一双胖乎乎的手呆板地扣在坚挺的胸前，一绺黑发被浅浅的汗水吸在额头，圆圆的下巴颏儿不安地翕动，她的眼睛里充满渴望。阿宁觉得喉咙发干，真想这就跟那姑娘换了位置，他情愿代替她被那两个满脸倒霉相的胖家伙挤扁压弯。开杰发现阿宁的目光直直的、痴痴的，就顺着这目光一路过去，不由得一阵心痛。他在心里说："姑娘们呀，请你们用心去爱我们的阿宁吧，阿宁也会用心爱你们的。"

一进研究生楼的315房间，开杰和阿宁就看到中文系搞文艺美学的储子明一脸阳光："恭喜恭喜！开杰的大作《魏晋南北朝君主体制论稿》的清样出来了，阿宁的《诸葛亮北伐评议》也在学报发表了，乖乖，不愧是米先生的弟子，真乃名师出高徒啊！"储子明差不多和开杰一样高，年龄比开杰稍大，但看上去不及开杰健壮，你拥我挤的抬头纹很有层次感，宽额头，尖下巴，老是笑眯眯的。

开杰从桌上捧起那沓厚重的清样，欣慰地舒了口气。

储子明问："会开得如何，多少外国佬参加了？"

"规格蛮高，在中山大学开的，美国、日本和我国港台地区都有学者参加。不过从他们所提交的论文来看，多属纪念性质的怀旧文章，学术水平并不见得高，只是拉他们的赞助或提高主办单位的知名度而已。中山大学很美，那边天生适合花草林木，天生的花园、植物园。"开杰说这话的时候，眼前又浮现出北国故乡干燥少绿的景象。

"没去中国大酒店吗？"

"中午和晚上吃在那里。"

"那儿，太奢侈了，一餐饭能敲掉我老爸一个月工资哩！"阿宁眨着眼睛说。阿宁的父亲是黄河三角洲一所职业中专的教务主任，每月都有一笔为数不菲的补贴给他，他常常引以为豪。

"那又算得了什么，听说在深圳、珠海做一回头发，要一杯酒，花掉上千元也是有的。"储子明不屑地说。他从内心看不起阿宁，认为他阴柔有余而阳刚不足。

"太可怕了,太可怕了。"阿宁咕哝着拿起开杰的书稿清样翻了一阵子,然后打开刊有自己论文的学报细嚼,十分恰然自得。

开杰问:"老黑呢?老储。"

"刚出去一会儿,大概在洗手间冲澡吧,就他热,一天不冲个十回八回就过不了。"

储子明倒了一杯开水递给开杰。阿宁只作没有看见。砰砰地响起敲门声,三个人几乎异口同声地喊:"请进!"原来是洁。洁今天穿一身蜡染大红布裙,款式很夸张,使她看上去像一团火。洁有一副好身段,穿什么都好看,颀长的脖颈配一头乌亮的秀发,很有点当年的陈冲味儿。她的声音也像火一样热烈:"呀,今天你们宿舍的五脏六腑可都全啦!开杰、阿宁几时回来的?"

"他们刚回来。"储子明说。

开杰笑道:"哪儿全了呢,还缺一个主儿呀!

阿宁的鼻子伸过来:"洁女士,要不要本先生代为传回你心中的黑太阳呀?"

"就你损,真是狗嘴里吐不出象牙来。为什么我就不能来找开杰、老储,还有你这四眼儿聊聊天呢!"洁半嗔半恼地说。

"啊,也是也是。"阿宁忙找台阶下,"这次你应该跟我一起去。广州太好了,太有城市味儿了,又洋气,又 modern,太有生活气息了……"

储子明撇了一下嘴。

洁说:"废话,哪个城市没有生活气息呢?"

阿宁说:"反正其他城市都没有广州的感觉好,而且,知道吗,那儿的姑娘不爱穿袜子……还有蛇餐馆……男女老少都敢吃……"

"吃蛇!长虫!真新鲜。"洁看着开杰说,"开杰你要再考博的话,干脆就冲广州考得了,到时咱也好让老同学前去开开眼界呀!"

开杰正欲讲什么,这时候宿舍的门被突然撞开,扭头一看,不禁目瞪口呆。老黑左手是滴水的短裤背心,右手是脸盆,如旭日东升一般无遮无掩地照耀在门口。大概老黑自己也被这如此壮观的辉煌弄蒙了,竟纹丝不动地原地挺拔了半分钟,直到看见洁"呀"的一声捂住脸才回头一个倒转,顺势将两只手里的物件一齐掩向那飞扬跋扈的屁股,然后一个箭步从门口消失了。大家莫名其妙地继续愣怔了一小会儿,便开心地相视大笑。洁也忍不住一颤一抖地笑起来。阿宁注意到洁的耳朵根儿都笑红了。储子明打着喷嚏,从老黑床上摸起一条裤子跑出去。

老黑很有趣。关于他的话题在这所大学的硕士圈中历久不衰。比如他的黑,你若不是亲眼看见,简直难以想象喊他老黑有多么恰如其分,不管由近而远,抑或由远而近,整个就是一轮黑太阳。此公倒不忌讳,为方便起见,干脆以黑太阳为笔名,于是某些文史杂志上就经常为他昏天黑地几个页码。老黑遂成名人。阿宁说他一日去教工浴池洗澡,意外发现老黑已经到了,正赤条条地与什么人握手寒暄不已。这宝贵镜头若能抓拍下来,随便在哪本艺术杂志发表,说不定老黑从此就冲出亚洲走向世界了呢。老黑自诩道："这叫魏晋风度。"

　　洁和老黑同为中国近代史专业的研究生，他们的研究方向，一个是李鸿章的经济思想，一个是宋教仁的内阁制思想，皆受业于国内外知名的近代史专家汪自敏先生。开门第一课，汪先生没有谈史，却叮咛老黑照顾好他的师妹，不要欺负她，也不要溺爱她，两人要互相帮助、互相关心、互相学习。老黑竟以为导师先生讲这些无关宏旨的话是对他们的某种暗示。使他感到放心的是，先生用了一种近乎慈爱的长辈的语气，看起来先生是高瞻远瞩一片苦心。接下来先生说欲做学问，首选要练就"坐"功，要甘于坐冷板凳，要耐得住无边的寂寞云云。不知洁听了汪先生的话作何感想，但老黑心里明白，像汪先生那样坐得住冷板凳的前辈们的传奇，再也不会在他身上重演了，因为这个商品经济飞速发展的信息时代已经给冷板凳的传统使命画上了句号。不过书毕竟还是要读的，学问也还是要做的，只是方式变了而已。问题的关键在于活读、精读，而且笔头要勤，使兴之所至皆成文章，如此才能适应发展的需要。汪先生自然想不到其门生的狂妄已至于此，仍不停地一再叮咛。老黑用礼貌的方式接受了先生的教诲，然后束之高阁，只一心一意以洁的保护人自居。没课的日子，老黑就溜到洁的宿舍吹牛，常把洁乐得透不过气来。老黑隔着那粉色的衬衫依稀看见洁的乳被笑声感动，她饱满的臀将牛仔裤撑紧，就觉得洁十分迷人，十分可爱——他费了很大力气，才咽下去一口唾沫。

　　开杰到系里去，发现信箱里有自己一封信，一看字体便知是谁写的了。浓眉如墨的祎总是不知疲倦地写信，给开杰写，给她认识的和不认识的、熟悉的和不熟悉的开杰的新老朋友们写，甚至给开杰的导师写。写她如何如何爱开杰，如何相信开杰……柔肠寸断，如泣如诉，快要把自己写成祥林嫂了。开杰感到又可气又可笑，心想：为人何必如此，难道爱情是一颗泡泡糖吗？ 315难得地宁静，开杰斜躺在床上，懒洋洋地撕开了祎的信：

……开杰，我不得不再次主动给你写信，因为我知道我若不写，你一辈子也想不起我，你要把我忘了，可我怎么也忘不了。你曾是我大学时代的同窗，而且还是同一个学习小组的，从那个时候起你就是我心目中的偶像。我们大学毕业后，又双双分配到同一所中学、同一个年级任教。都说我们俩是天造地设的一对，要不是你考取了研究生，人们早该吃了我俩的喜糖啦。知道吗，开杰，我仍一如既往地爱着你，我会等你的，等你回到我的身边。

记住，只有祎才最爱你……

开杰烦躁地把信揉成一团朝窗外扔去，这时他看见了走在甬路上略显抑郁的沈晓红。沈晓红正好仰起脸往这边看，她也看到了立在窗口的开杰。开杰闪离窗口时的动作显得有些犹豫和不自然，他的神情有些慌乱。沈晓红似笑非笑地摇了摇头，继续走了。

储子明自从四年前娶了大他两岁的菊，生活就变成了没有色彩的无奈。储子明每每带着他越发出息的抬头纹一起陷入沉思，不知道是他储子明变了，还是菊不是他刚认识时的菊了。那时候菊当然也算不上漂亮，但她总还不俗，有理想有追求，在生活上基本符合温良恭俭让的美德规范，储子明曾为此感到满足。事实上，一个丈夫不可能指望从妻子那儿得到更多了。但是，储子明所有的满足感都在菊的森严壁垒面前被粉碎成难以弥补的玻璃片儿了。自打共同生活的那一天起，他就开始感到菊有些陌生，然后越来越陌生。应该说菊很爱储子明，伺候其吃喝拉撒睡比亲妈有过之而无不及，却斗智斗勇地不让储子明靠近她，当然也绝不允许储子明以任何借口接近别的女孩。做医生的菊认为若非为了繁衍后代的目的，夫妻必须保持兄妹般的纯洁，否则便为淫。一天，菊走上前来摩挲着储子明愁眉不展的前额，羞涩地说：

"你看我都满二十五岁了，我们该有个娃子了。"

菊就躺下来。储子明吃惊地发现身上到处肉乎乎的菊，一双乳居然那么小，而乳头又异乎寻常的大。

储安的出生似乎给菊带来了欢乐，却在某种意义上给储子明带来了灾难。后来，他便发现储安的出生是个百分之百的错误。且不说自从这个宝贝儿子出生后菊说起话来粗声大气，为了邻居家的电视机和音响干扰了儿子的睡眠而冲上阳台恶语相加，为了储子明出去买菜时忘记了买奶粉又哭又闹，为了年迈的婆母答应来帮忙看孩子却比原计划迟到了两天就几乎翻脸不认人……这些姑且都忽略不计，他储子明可不是那种小肚鸡肠、心胸狭窄的男人，他认为只要菊能理解他的苦衷也就足矣。但是儿子既已出生，菊又捧出了她那条永远不变的夫妻原则，这成了储子明发愤考研究生的原因之一，而考上研究生的直接结果就是无可挽回地拉大了与菊的距离，储子明终于做出了分手的决定。契机是一封信——

这封信不是储子明的。储子明除了给编辑部投稿以外，从来不曾记得给谁写过什么信——他对写信很头痛。但是有一段时间，他突然对校团委的宣传橱窗产生了兴趣，因为他注意到那儿经常陈列一些地址欠详的"死信"，其中有许多明显写着女孩的名字。这是他在橱窗前阅读过期报纸时偶然发现的。他异想天开地认为这或许是一种缘分，为什么不可以用这样的一封信来搭一座桥呢？

结果终于找到了自己需要的一封信。信寄自南京，收信人一栏内赫然写着"沈晓红"三个大字。沈晓红，储子明是听说过的，她是美术系油画专业唯一的女硕士研究生。而且据说，正如她所从事的专业一样，她本人就是一件非凡的艺术品，是美的化身，所以虽崇拜者如云，却大都望美却步、自惭形秽。储子明心想这么一来反而会使得此佳丽不胜孤独，说不准还有好戏唱呢。当然他自己的条件很不够理想，不过真正的爱情应该是不注重世俗的条件的……

星期二上午是公共英语课，美籍女教师安·丽丝娜小姐宣布期中考试成绩，冲开杰一口气说了许多OK。成绩单发下来，开杰总分第一，洁第二，阿宁第三，储子明和老黑不过关，名次排在倒数。老黑对此满不在乎，本来捣弄那二十六个洋字母已经够浪费生命的了，若是再按那位安小姐的要求去舔牙吐舌地讲简直令人不堪忍受，把祖宗留下来的方块字搞精弄通照样可以做大学问，所以老黑决定不入此彀。只是洁居然也能像开杰那样讲一口纯正的美式英语，实在是太难为她啦，这得花费多大的气力呀！拾起本外文书能揣摩出个东西南北中不就得了嘛,将来又不准备搞外事工作,干吗太较真呢?老黑心里一个劲儿地为洁感到不值,但是看到洁捧着成绩单的兴奋劲儿,眼睛都比平常明亮了几分,就又忍不住替她高兴。他撕了一片纸条在上面唰唰地写了"Congratulations to you!"递给洁,洁看毕塞进了书包里。

储子明颇有些挂不住,与老黑相反,他巴不得也有开杰那样棒的英语,因为沈晓红精通英语,动辄对他"I、you、he、she"一通,常常让他急得抓耳挠腮。如果英语是头公牛,他就能把它咬杀给沈晓红看,但是英语不是公牛,所以他实在是束手无策了,愁得脑门都灰灰的。沈晓红直言不讳:"一个堂堂的硕士研究生,连最基本的英语会话能力都不具备,将来很难成什么气候,说不定属于被淘汰的一类。"储子明认为这是一个不祥之兆。沈晓红的英语入学成绩全校第一,获准免修,但是她依然积极参与大学里的每一次英语活动,什么"英语歌曲天王大赛""英语之角""留学生与中国学生联谊会"等,都少不了她。

她最先见到开杰就是在一次研究生英语晚会上,那时储子明尚未出现在她的视野之中。开杰的一曲 *You Are My Sunshine* 令天之骄子们如梦如幻、如痴如醉。他的嗓音酷似刘欢,热烈奔放、充满激情,令人想起大海上太阳辉煌的诞生,很具煽动性,沈晓红在开杰的歌声中泪流满面。那晚开杰身穿宽松式夹克衫,腿上是一条洗得泛白的牛仔裤,举止矫健潇洒、无拘无束,给沈晓红留下了难以磨灭的印象。然而他的目光游移而矜持,可见他的心事很重,他的心思很深。储子明后来对沈晓红说:"其实开杰有一种根深蒂固的自卑情结。"

"你是说开杰自卑？"

"是的，他本来是一个性格内向的人，却要给人以开朗、豪放的印象，为什么？就是因为自卑。"

"他为什么要自卑？"

"说不清楚，也许他的童年或者说他的成长历程很艰辛吧！"

"你挺会想象的。"

"合理想象。"

储子明的话使沈晓红越发感到开杰是一个不解之谜。对于沈晓红的心情，储子明不甚了了，但是她毫不掩饰自己对开杰的兴趣，使储子明怅然若失。沈晓红玫瑰色的长袍在蔚蓝的天空下如一面旗帜猎猎招展。储子明失态地凝视她那近乎透明的耳轮，情不自禁地脱口而出："What a beauty！"声音很轻，沈晓红竟听见了，她优美的白牙生动地画出一个很标致的微笑："Oh，你英语讲得不错嘛。真的。"

安·丽丝娜小姐走到开杰身边，用接近耳语的声音对开杰说："你大有希望通过托福，到美国去攻读历史博士学位吧。美术系的沈晓红小姐准备明年考托福，赴美研究油画理论。她建议我做做你的工作。我很愿意为你们两位优异的中国学生做经济担保人。"

开杰一愣，下意识地看看坐在前面的储子明。奇怪，老储可是从未提起过沈晓红要准备考托福的呀？沈晓红没有告诉他吗？

五一节到了,研究生会组织全体研究生赴泾县云岭参观皖南事变旧址。学校大力支持,派了一辆大客车。他们是上午七点出发的,汽车沿长江蜿蜒南行,先经过一个叫作横山的小镇,然后向东,再掉头向南翻山越岭而上。一路上,经过数不清的石桥,一条条小河就像储子明的抬头纹一样密集。开杰想这些小河便是长江的支流了,在他的记忆里,他太行山脚下的家乡可从来没有如此发达的水系,那儿的庄稼听不见拔节的声音。有水的地方,人就有灵气,女孩都是水灵灵的可爱,美得照人。研究生们多数都不曾到过江南腹地,车窗外面的各种景象令大家非常兴奋,他们叽叽喳喳、眉飞色舞。有一个小囡赤脚走在小河边,她的手里攥着一只小纸船。河边的人家都端着实惠的大碗或蹲或立,在街门口往嘴里扒饭,男女老少皆有,看上去像列队操练一般。一头看上去城府很深的猪婆,面对疾驶而来的庞然大物竟不理不睬,跨在路中央嘹亮地招呼惊慌失措的儿女们,惹得车厢里的女硕士们好一阵大呼小叫。一条历尽沧桑的牙狗盘踞在高高的山坡上,懒洋洋地跷起一条后腿,安闲而舒适。

"知道那家伙在忙什么吗?"老黑故作高深地问坐在一旁的洁。

"乘凉吧?"

"不,它在撒尿。"

"呀,恶心死了!"

车厢里哄地爆发出一阵大笑。

现在大家站在了一条静静的小溪边。小溪清清,分割着成片的油菜花。怒放的油菜花像层层铺展开来的朝霞,把这片环绕于群山怀抱的土地染成金黄。你无法想象这遍地金黄的壮观，何以走出半个世纪前那千古奇冤的沉重。此水彼山，一房一舍，一草一木，都在远远近近的水牛们的老调中感受岁月的升平。农民的牧歌和不知疲倦的身影弯弯地生动着此处风景。这风景很美，很陌生，令开杰激动不已。他在这一时刻想起了父亲，父亲的笑容沾满了土粒儿。

　　小溪上有座小石桥，小石桥把一条呈南北走向的小石路衔接起来。往北走过这座桥，不久就有一片白房子出现在你眼前，这里便是当年新四军的军部所在地了，今天都成了遗址。走进去，你会感觉到犹如走进了历史，那些英勇的殉国者曾经充满青春活力的笑容，如今都成了冰冷的遗容，深深镌刻在坚硬的石碑上。人们在这些碑前深深地鞠躬，再鞠躬。在新四军军部礼堂，有一幅周恩来1939年来新四军传达中央指示的讲演情景画像，吸引了许多前来参观的游客。一位白发长者潸然泪下，沉浸在往事的回忆中。他用泣不成声、断断续续的语言，以一个幸存者的身份向大家讲述那段不堪回首的悲壮经历。按照老者讲述的地点，开杰和大家一起来到了云岭，军政委项英牺牲在一个山洞里，一个名叫刘厚总的叛徒为了攫取首长们身边的部分军费而无耻地向熟睡中的项英和其他首长扣动了罪恶的扳机。那个腥风血雨的夜晚，狼嗥声传出几十里远。

　　中午，约好下午五点准时在小石桥会合后，大家开始自由活动。储子明坚持同沈晓红单独找个地方逛逛，沈晓红不同意，理由是："你们男的一堆儿，我们女的一堆儿，谁也不妨碍谁呀。"

洁也摆脱了老黑的死磨硬缠回归女族,气得老黑直发狠:"好好好,叫你们走,走得越远越好,等走丢了路,看你们哭给哪个听!"

储子明则在心里叫苦:"沈晓红呀沈晓红,求你啦,你心里到底有俺老储没有啊?"

但女士们终于嘻嘻哈哈地走远了。

男同胞们喜欢独立自主,一个个单枪匹马地散尽了。阿宁决定不再上山,说他见了弹坑就犯头晕,不如随便找个老乡聊聊天,又怀疑这个地方太闭塞聊起天来无话可说,因此干脆哪儿也不去了。事实上他在参观的人群中发现了一个气质非凡的女孩,想找个借口跟她搭讪几句。储子明有心糗他一通,无奈老黑催得急,便与老黑心照不宣地尾追女族而去——他们不相信那些女同胞会有勇气在不见阳光的密林里披荆斩棘,她们不能没有靠山。

开杰的心情有些沉重。他漫步走向那片挺拔的白桦林。林中绿草如茵,几十种颜色各异的小花频繁点缀其间,阵阵新鲜的香气湿漉漉地扩散,这就是云岭之阳了。这里曾经发生过旷日持久的激战,每一寸土地都浸透了烈士的鲜血……现在这里好安静。树荫遮天蔽日,鸟语从天外飘来,如同神话。开杰随意躺在一株白桦树下,伸手扯一根条状草放进嘴里吮着,立刻有一股清凉的泥土香沁入体内,很亲切。他想无论过了多久,他都将牢牢记住这份清香宜人的皖南情结。他觉得自己越来越接近一个梦想,最终像一点绿那样融入大地了。为什么大地空空荡荡一片苍茫,他一个人踽踽独行,来到一座华丽的城市,人人都用异样的眼光看他,使他感到自己像一个贸然闯入他人家园的莽汉?他羞愧难当,落荒而逃,在一片与世隔绝的原野,他无力地倒下,紧闭双目大声呼喊:"哦,海燕,海燕!"他如此反复地叫着,直到响起越来越近的脚步声,还有一阵令人心醉的越来越重的喘息声。他睁大眼睛坐起来——他仿佛看见了自己朝思暮想的女孩,她被风弄乱的长发从她那美丽的额头野性地飞扬起来,使她那女性的妩媚达到了无以复加的程度。开杰张开双臂迎了上去。

"这不是梦吧?"

"不是梦。"

"你怎么到这儿来了?"

"为了找你。I love you,杰。"

开杰像遭了电击一般惊叫了一声,疯也似的逃出白桦林。沈晓红扑到一棵树上,她的泪水又苦又涩。

皖南之行使开杰陷入了极大的不安之中。他强烈地感到了沈晓红对他的那份真诚,但是他不能接受。他知道这绝不是储子明正在追求沈晓红的缘故。他承认自己喜欢这个才华横溢的女硕士,但是他清楚自己的归宿不是沈晓红。他曾经遇到过一个无助的女孩,连他自己也不明白为什么从此就再也忘不了她。那大约是一年以前的样子,他去江轮码头送导师米先生赴川参加一个学术年会。先生的船刚刚起锚,天上就飘起急急的雨,不习惯随身携带雨具的开杰甩开他山东小子的长腿,大踏步冲向交通车停车点。

长江不见了,码头不见了,这座多雨的江城像蒙上了一层乳白色的烟雾,使人看不见天空。雨越下越大,十字路口和街道两侧的小吃摊吆五喝六地纷纷撤退,汽车、自行车、三轮车和摩托车在有限的空间里争先恐后,前面不远处的海关广场更是乱作一团。开杰的耳朵里灌进了极其残忍的起哄声,他看到那边围起一拨好事的看客。开杰预感到发生了什么不幸的事,实际上他已经感受到一只备受凌辱的天鹅的悲伤。

一个纤弱的少女从自行车上被挤得摔下来,她胸部的衣服几乎全部被车把划开,现在大雨正将她那半透明的纱衣洗去,使她寸步难行、无地自容。她一边用手死死护住胸部,一边用乞求的目光在人群中打捞良知、正义和真诚。开杰的心痛苦地缩紧。他一脚踹开往日的庄重与宽容,用浓厚的山东口音狂怒地骂了一句什么,很粗野。他的声音阴森森的,连他自己也有些吃惊,但是他已经顾不上许多了,反正他与少女之间有了一条被骂出来的通道。他扑过去用自己的衣服将少女裹住,然后就那么裸着膀子骑上少女的自行车把她驮出重围。当得知少女来自芜湖市一个叫作无为县的乡村,是一所运输技校的学生时,开杰掏出自己身上仅有的二十元钱为少女买了一件衣服。

少女流着滚烫的泪水说:"好哥哥,谢谢你……救了我。"

开杰问她叫什么,少女说:"海燕。"

开杰就说:"海燕,能帮助你我很高兴,我叫开杰,是师范大学的学生。"

他们是在一家百货商场前分手的。海燕推着自行车,走几步,回头望一望,开杰站在那里向她挥手。直到海燕跨上自行车走得看不见了,开杰才忧心忡忡地离开。她真美,开杰想。从此,关于这个雨天的景象便深深地嵌入了他的脑海、他的肌肤,他知道自己再也走不出这片风景了。

哀怨的沈晓红泪盈盈地问他:"是为了那个祎吗?"

"当然不。"

"那么,你是为了不伤害储子明?可是我并没有答应要嫁给他呀!"

"都不是……"

"那你为什么拒绝我?可以告诉我吗?"

开杰给她讲了他和海燕的故事。

"你疯了,她将来不过是一个司机呀!"

"我不过是一个农民的儿子,我和她应该不存在什么差别。她也从农村来。"

"你爱她?"

"是的。"

系党总支书记找开杰谈话,内容竟是关于开杰与祎的关系问题。祎写信给历史系,说她和开杰自大学时便开始恋爱,感情笃深。她非常爱开杰,她殷切盼望开杰能够继续深造,以便将来在事业上有一番建树。当开杰被录取为硕士研究生,她感到由衷的欣慰。没想到开杰当上研究生之后就与她日渐疏远了,甚至连一封信都不给她写,因此她的心灵正在经历难以言状的痛苦折磨。祎要求组织站出来挽救她和开杰的关系,使他们无比纯洁的爱情之花不受摧残。

军人出身的董书记使开杰想起了石碑、父母的土地和村庄的末秋景象，他感到有些酸楚、压抑和沉闷。他静静地坐着，看董书记从办公桌上拿起一只茶锈斑驳的杯子，快意地抿了一口，那胸腔里就传来颇有历史感的回声：“这可是个问题，切莫忽视，切莫忽视哟。有什么样的世界观就有什么样的人生观和爱情观，这是一条历史的经验。历史的经验是值得注意的。许多同志，包括一些对革命事业做出了贡献的老同志，都在这个问题上栽了跟头，这是多么惨痛的教训呀。你现在是一名硕士研究生，各方面都表现得很不错，大家都公认你是一个很有天赋、很有前途的青年，可切莫在这种问题上犯糊涂哟……从祎的来信中，不难看出她对你的真实感情，你一定要好好珍惜哟！”

"可是我并不爱她，也从未许诺过什么。我跟这个祎的真实关系是：她是她，我是我，毫不相干。"开杰说。

"难道祎所说的全是假话吗？难道祎不是真的爱你吗？"董书记的声音骤然干燥起来。

"这个我不知道，也不想知道。"

"那现在你已经知道了对吧？记住，爱情既然是一种感情，那就是可以培养的嘛。"

"可是我已经有女朋友了。我非常非常爱她。"

阿宁圪蹴在操场边，眯着眼睛看着两个长腿姑娘打羽毛球，心里许多念头像烙饼一样翻来覆去，却找不到一个终点，脑袋就像那只被传来传去的球，木木的，毫无知觉。这时他就忍不住盯着自己胸前那枚橙红色的校徽发怔。

一次,有个穿短裙的女孩问他:"喂,你是研究生吗?"仿佛他是假冒伪劣。

他扶了扶眼镜,从容不迫地回答:"你的眼力不错,小姐。"

他想进一步期待女孩的惊喜,女孩却晃着短裙走进一个身着球衣的傻大个儿的哂笑里了。这使阿宁伤透了心,觉得自己一下子成了被爱情遗忘的可怜虫,不由得怀念起曾在京广线的列车上注意过自己的那个姑娘来。令人遗憾的是一路上他们竟没有说一句话。夕阳在西边很艺术地挂着,光线很抒情。

阿宁离开操场来到学校的植物园。这儿草木茂盛、四季飘香,非常适合热恋中人的要求,成双成对的恋人常在园中出没。阿宁决意看一看那些拥抱丽人的同类究竟都是怎样的货色,或许自己可以从他们身上找到信心和勇气呢。但是他要么踩了人家的脚,要么干脆直接挺进到某对鸳鸯的中间,将一个死去活来的吻糟践得一塌糊涂。他窝着一肚子火,笑微微地说了许多"对不起""打扰了""我确实没有看见你们"之类的话。这样,阿宁踅到一株桂花树下,发现有点不对劲儿,猛眯眼,还是不对劲儿。一幅熟悉的画面异常清晰地浮现在眼前:一个百般温柔的姑娘,两只胖乎乎的手呆板地扣在坚挺的胸前,一绺黑发被汗水吸在额头,圆圆的下巴颏儿不安地翕动,一双乌亮的大眼睛充满渴望。啊,多么像!多么像那个邂逅于列车上的姑娘!现在她正迎面走来!她的变化何其大呀,阿宁竟有些认不出了!在他的记忆中,从未有过如此神采飘逸的女性,她比沈晓红比洁……比所有的女孩都美。更令阿宁心醉的是,她对他微笑着。这微笑使阿宁想起日本影片《生死恋》中的女主人公夏子那灿烂的微笑。她微笑着从阿宁身边轻盈地飘过,像一朵熠熠闪光的彩云,留给他无穷的幻想。他飞奔回研究生楼,撞开315的门,把老黑和洁的宁静撞了个粉碎,气得老黑瞋目金星地瞪着他。但是阿宁却像什么也没看见,自顾自地抓起一面镜子就照,只见头发整齐、衣服得体,还挺英俊潇洒呢。这么说,那姑娘一定是偷偷爱上他了——不然为什么对他微笑呢?

翌日,阿宁又迎着抒情的夕阳逛到植物园,又见到了那灿烂的微笑,依稀可辨印在姑娘额头一抹淡淡的忧伤。阿宁坚信这是她迷上了自己,又羞于启齿和失望于他的迟钝,所以才伤悲于心而憔悴于形。阿宁正欲上前郑重相告自己也爱她,而她却已不见了。

这天的夕阳有些苍白。

后来,阿宁再也没有见到过她。

在图书馆门口,开杰遇到丽丝娜。丽丝娜在华聘期届满,拟于近期返美。她想知道开杰是否已经决定毕业后赴美留学。

"我希望你只给我 Yes 或 No。"丽丝娜说。

"No。"开杰回答。

"为什么?"丽丝娜忍不住问道,"机会可不是任何人都会有的呀。"

"这是我考虑很久才做出的决定。因为我将来要搞中国史和历史文学,所以留学、拿国外的博士学位意义并不大。另外,能否适应美国社会的生活,我毫无把握。我是从中国的农村一步步走出来的,我觉得自己本质上仍然是个中国农民,而一个中国农民最好在中国的土地上劳作与收获。"开杰说。

"将来你要搞历史文学?"丽丝娜很吃惊。

"对,我相信自己的天赋会使我在这个领域有所作为。"开杰眼光中充满自信。

"但愿这不是你最后的决定。"丽丝娜仍抱有一线希望。

"Sorry,"开杰说,"这正是我最后的决定。"

丽丝娜摊开双手:"很遗憾。祝你如愿以偿。但假如你改变了自己的决定,我,作为一个朋友,随时都会在费城——我的家乡欢迎你。"

"Thanks."开杰说。他原来曾以为丽丝娜的皮肤会很细腻,事实上相当粗糙,胳膊上的汗毛又密又长,毛孔又深又粗。开杰暗暗吃惊。但无论如何,丽丝娜算得上是一个有魅力的女人。开杰目送着丽丝娜远去的背影时想。

一辆崭新的奥迪在开杰身边稳稳地刹住,车门上茶色的车窗玻璃缓缓摇下。

"开杰,开杰哥!"

开杰猛回头,眼前一张俏丽的笑脸动人地绽放:那水灵灵的大眼睛,那富有质感的、多情的秀发,那童话般的唇线和那白嫩细腻的脖颈,无不在恰到好处地昭示着天堂般高洁而美妙的青春。开杰的记忆飞速逝去。

"怎么,不认识了?我是海燕呀!"

"海燕,是你!"

"真没想到在这儿见到你,我真是太高兴了。你一别就没见面了,大学这么大,哪儿去找,比大海捞针还难呀!早知道你是研究生,找起来就省事多了,我是不久前才知道。"

"你工作了?"

"去年八月就毕业了,分配在市政府机关车队……这车子还可以吧?"

"你比以前更漂亮了。"

"你也不去找我……"

"其实我去过你们学校许多回,可每次去了以后又都默默地离开了。有一回还从你一个女同学那儿打听到你的宿舍,可我还是没敢进去,我是怕你笑我自作多情。我宁可这么孤独地等下去,也不愿面对可能被你拒绝的痛苦。"

"可是却把我给害苦了……开杰哥,你发现我有什么变化了吗?"

"你长大了。"

沈晓红来到315,邀大家去看她入选全国青年美展的一幅油画作品。老黑说洁一会儿也要过来,建议大家稍候。门一响,老黑就兴冲冲地前去开门迎接,却见到一个陌生的女人手牵一个四五岁的小男孩杵在门外。小男孩看上去有些面熟,很显然这个没有抬头纹的小家伙便是储子明和菊的储安了,而这个女人便是菊了。

菊是一个面黄、瘦削、单薄的女人,一个只会用眼睛观察、用眼睛说话的深沉的女人。她冷冷地看看储子明,又看看沈晓红,眼睛里一半是泪水,一半是敌意。

储安躲在菊的身后手足无措,警惕地将315里的人逐个打量了一遍,然后怯怯地瞅住储子明。这个人酷似妈妈相簿里的那个男人,使他好生奇怪,竟有些恐惧,便紧紧拽住妈妈的衣襟不放。菊和储安的突然出现令315大感意外。

储子明浑身发颤,脸色铁青,万万没想到,菊竟然会带着储安找到他这里来。菊本来是答应了与他离婚的,莫非又改了主意?不然为什么会不告而至,又为什么带着儿子来呢?难道带来儿子就能使他们的婚姻起死回生吗?小储安瞅他的眼神,就像面对一个红毛江怪,令他心碎。他认为菊在用心险恶地报复他、捉弄他,企图出他的丑、断送他的前程、扼杀他的爱情。他的额头猛烈地抽搐。

就在这难堪、尴尬,坐也不是站也不是,说什么都是废话,不说什么又令人窒息的时候,开杰说:"老储,我们先出去一会儿,你们好好谈谈吧。"他给老黑和阿宁丢了个眼色,于是三个人拉着沈晓红离开了。

走出研究生楼,沈晓红愁眉苦脸地说:"看来储子明今天在劫难逃啦。"

开杰说:"放心吧,给他时间,老储会把这件事处理好的。"

沈晓红悲戚地一笑:"顺其自然吧!"

"唉,菊也真是想不开,既然没有爱了,又何必这样死缠着储子明不放呢?"老黑说,"就算硬凑到一起,还不是照样貌合神离,有意思吗?"

阿宁在一边闷着不吭气,他认为全是储子明的错。储子明有了沈晓红,可撇下人家孤儿寡母的怎么办?谁会接受他们?难道可以为了追求自己的幸福而置他人的痛苦于不顾吗?再想起以往储子明对他满脸不屑的神气,他颇有些愤慨,只是碍于沈晓红的面子,才憋住不发作。

沈晓红的作品题为《灿烂微笑》。画面上的少女恬静、虔诚,柳眉弯弯,眼眸传情,那灿烂的微笑从她嘴角、从她脸上徐徐升起,照亮了整个大厅。

"壮哉!美哉!"开杰、老黑欢呼道。

阿宁惊呆了:"啊,她是谁呢?"

"她叫米娜,是美术系以前的职业模特。"沈晓红说。

"她是广州人,从广州来的,对吗?"阿宁的呼吸有些急促。

"不,她是南京人,从南京来的。怎么,你好像认识米娜?"

"不不,我不认识她,我只是随便问问,可是她为什么要对我微笑呢?"

"哦,她不光对你一个人微笑,她对所有的人都这样微笑。"

"这是为什么?"

"因为失恋。失恋的米娜曾做过一次整容手术,幻想以此来忘记过去,不料很不成功,伤了面部神经,从此她便一直这么微笑着……"

储子明回家与菊办理离婚手续,开杰到码头把他们一家三口送上了船。回到315,他感到头有些沉,正欲躺下迷糊一会儿,老黑从系里回来了,说他已经发现了宋教仁的一篇遗文,弥足珍贵,对他的学位论文写作大有裨益，因此喜形于色，兴高采烈。他还给开杰捎回一封信。肯定又是祎了，她永远有写不完的信。开杰看也不看，接过来胡乱塞进枕头底下。老黑又要去洗手间冲澡，脱了个精光，端着只盆哼哼着开门出去了。开杰差不多快要睡着了，洗手间传来老黑惊天动地般的黄山小调儿，硬硬地直往耳朵里钻：

天上（那个）白云（那个）块大块，

地上（那个）青菜萝卜多呀多，

山上（那个）妞儿（那个）真漂亮，

穿上（那个）花布（那个）讲排场……

外面飘起雨来。开杰出神地怔了片刻，翻起枕头找到老黑给他捎回的信，一眼就看出那封信原来不是祎的。连忙打开，几行娟秀的正楷字一笔一画地跳动起来：

杰：

我可以这样称呼你吗？又是好久没见面了，非常想念，非常想再见到你。这个星期六晚八点在镜湖咖啡苑等你，你会有一个惊喜的。

海燕

×月×日

开杰轻轻呼出一口气，一把推开窗户，看见江南的六月的夜在梦一样缠绵的雨中迅速膨胀……

西藏舞蹈

二十三岁的洪丽君有个心愿：走遍中国——在有生之年走遍中国的每一个地方。她说如果连自己的祖国都不能完全了解，那将是一个人最大的遗憾。洪丽君有一双单眼皮，戴着一副没有镶边的白色眼镜。洪丽君说："我做梦都想到藏东南去看一看，就是不为了做论文，单为探险，也愿意去。"

列车如飞，车窗外面的景色河水般向身后流淌，使人想到船。小谢甚至想到了在遥远的密西西比河上出生入死的哈克贝利·芬。不久前，他刚刚读完马克·吐温的《哈克贝利·芬历险记》。故事已经过去很久很久了。小谢说，探险总是令人激动和心驰神往的，何况西藏有阿里，有八角街，如果要研究民俗，八角街倒不失为一个好去处，据说那儿像个民俗博览会呢。他说此话的目的显然是想重新引起洪丽君的好感。这小子骨子里对探险有一种与生俱来的恐惧，还未敲定进藏日期便打起了退堂鼓，与薛浪静唱和着说了许多不合时宜的泄气话，大大降低了他在洪丽君心目中的分量，所以不得不学乖巧一点，用他自己的话来说，就是"往菜里加上一匙盐"。

洪丽君说："到八角街探什么险呀，那是旅游，亲爱的。"

小谢心里就"咯噔"了一下，他这"一匙盐"加错了地方。洪丽君一说"亲爱的"，他就只有靠边站了，这是他的经验。果然，洪丽君没有再理他，说完这句话，就加入薛浪静和刘春梅的谈话中去了。薛浪静和刘春梅正在为什么事笑得前仰后合。没地方可去，小谢只好踅到我跟前来，牙齿咬着下唇，眼睛不安地转动着。他朝他们三个那儿妒忌地努努嘴，说："就数咱俩命苦啊，老徐。"

薛浪静总是能够吸引住女孩子。他的外表酷似刘德华，而且天生一副亮嗓子，刘德华的歌他都能唱，音色也极像。除此之外，他还擅长模仿领袖人物的声音，惟妙惟肖，这个谁也没有辙啊。不过洪丽君倒不至于和刘春梅"试比高"，这是我的看法。我的看法一向比较客观。刘春梅可称为美人坯子，娇小玲珑，线条动人，能舞能歌能画，多才多艺，缺点就是脂粉气太浓，有点爱慕虚荣。这一点与洪丽君截然相反。洪丽君生得胖些，耳朵、鼻翼、嘴巴、手指都圆鼓鼓的，不过没有任何拥挤感，人很利索，能吃苦，所以就没有给人一种臃肿的感觉。不仅不臃肿，还透着几分别样的、不施粉黛的妩媚，别样的韵味。就我个人的志趣而言，我是一开始就发现了这一点的。也就是说，我从跟洪丽君做同学的那一天起，就在心里对她有了某种不啻审美意义上的感觉，但是我还同时注意到洪丽君和我之间有一种不可忽略的存在：一个是出身于书香世家的大学教授的女儿，一个是毫无背景的滨海渔民的儿子。这种存在之巨，常常使我自惭形秽，因此我倍加勤奋。我的勤奋是由来已久的。过去是因为对贫穷的意识而努力学习，结果我上了大学；现在则是因为对自卑的意识而努力学习，结果我卸掉了自卑。我想我现在多少有点看不起大城市里来的薛浪静的做派，看不起同样是大城市里来的小谢的猥琐，这很与我卸掉了自卑有关。没有了自卑的我，甚至可以大胆地迎接心仪已久的洪丽君的目光。

小谢说过洪丽君非他莫属，他也的确和洪丽君"拍拖"了那么一阵子。他说他和洪丽君之间不会存在什么问题，即便有了，他也总有办法对付，那就是在洪丽君过生日的时候买一束红玫瑰和一盒生日蛋糕送给她，在三八节买一个漂亮的发卡送给她，所谓"往菜里加上一匙盐"。但是洪丽君是一个很有个性的女子，小谢愈是千方百计地想控制她，她就愈是反感，对他的小恩小惠就愈是不屑。

我感到洪丽君有另外的追求。

我们这拨人，如果单从外表和行头上看，不知道的还以为是一伙盲流呢。从西安到兰州，从兰州到西宁，从西宁到德令哈，从德令哈到格尔木，再从格尔木到昆仑山口、五道梁、二道沟、乌丽、尕尔曲……越过唐古拉山口，直逼安多。一连十几天，我们坐了火车坐汽车，困了倒头便睡，饿了以方便面充饥，渴了就把随身带的水壶喝干，然后再想法灌满。车厢里又闷又热，常常使我们汗流浃背，身上的衣服干了又湿，湿了又干，硬硬的，箍在身上感觉像箍着一层铁皮，但因为没有洗澡的机会，只好勉强穿着。薛浪静和小谢是如此，姑娘们也是如此。我们甚至不能保证天天刷牙。老盼着下一站会有洪水将铁路小范围冲垮，多停留一段时间，或者前面出现个交通事故什么的，也好到附近寻间浴池尽情地冲洗一番，把出发时穿来的衣服换掉。愿望是好的，却总是枉然。后来出汗不再是问题，因为我们进入了高原地带。高原那特有的昼夜温差更使我们倍加受苦，白天热起来叫你昏头涨脑，入夜又冷得你浑身哆嗦，即使加了衣服也不感到舒服。我们互相看着对方，都有点蓬头垢面的样子，而且由于睡眠不足，大家的眼睛都有点不正常，可怜兮兮地红着。嘴唇红了好看，鼻子和眼睛一红就特别吓人，现在我们不得不这样互相吓着，男的觉得吓着了女的，女的觉得吓着了男的，感到十分内疚。我们打开地图，寻找我们现在所处的位置，发现我们差不多走了三分之二的路了——真是一件令人高兴的事。

但是，当蓝天和白云离我们的头顶越来越近时，高原反应却像不可阻挡的潮水决堤而来。我们很快就发现自己面临的是一场怎样的灾难。洪丽君来自南京，小谢来自湖北，薛浪静和刘春梅是皖南人，而我则来自胶东半岛，我们在此之前都没有过上高原的经历，对这片国土的了解，更多的是来自我们能够接触到的资料和传媒。常识告诉我们，海拔每升高1000米，气温就会下降约6℃，氧气就会减少约10%。我们感到胸闷气短，空气像凝固了似的，整个脑袋，特别是后脑部位，里面总觉得多了一个什么东西，在不停地爬来爬去。我们的肉体和精神正在经受前所未有的折磨。小谢第一个呕吐起来。很快，刘春梅也呕吐起来，接着是洪丽君。薛浪静和我虽然没有呕吐，却也同样狼狈不堪，我看到薛浪静的脸因痛苦而夸张地扭曲了。薛浪静用他那令女孩着迷的男中音骂道："Damn it！这哪里是在赶路，简直是在受罪！"

小谢捂着嘴巴，颇有同感地朝他点点头。刘春梅如溺水般大张着嘴喘气，紧紧抱住薛浪静，带着哭腔道："我觉得我快要死了！"薛浪静拍拍她的肩，轻声安慰她。洪丽君抬起头来说："快到那曲了，到了那曲就好了。"我说："到了那曲非好好洗个澡，睡他个天昏地暗不可。"洪丽君眼睛一亮，说："是啊，那太诱人了！"

小谢谨慎地看着洪丽君，眼光里蓄满渴望。

到达目的地前，我们一直在那曲休整。由于此行没有到拉萨的任务，我们必须利用在那曲的时间把一切整合就绪。那曲是个中等规模的城镇，位于藏北羌塘高原中部及青藏公路、黑河公路的交叉点上，是那曲行署驻地、藏北交通中心。这儿恐怕是我们此次西藏之行条件最好的地方了。我们在这里的医院接受了入藏必需的皮下载氧以及人血丙种球蛋白的注射，同时服用了一些麦迪霉素片，感觉渐好。姑娘们重新鲜艳夺目，花枝招展；男子汉恢复了尊严和自信，神采飞扬。一个星期之后，几个人匆匆穿过了拉萨，奔向林芝。

我们少数民族史专业的五名硕士研究生，是为准备毕业论文而来西藏考察的。我们的目的地是藏东南。在距拉萨千余公里的察隅县，那儿有个特殊的僜人部落，是我们魂牵梦绕的终点站，源远流长的藏文化在那儿被鲜活地保留着。我们将在那儿进行为期一至两周的民俗学调查，为我们的论文提供必要的实证材料。

从拉萨到达林芝，虽然在路上颠簸了五六天，但总体来说要比初进藏时好多了，就是路太长了些，太寂寞了些。我想用"寂寞"这个词来形容是再合适不过的了。小谢带来的单放机成为我们唯一可资娱乐的工具。他把它让给洪丽君，里面是一盘演绎杜十娘的歌带，歌声煽情，如泣如诉，生动感人。洪丽君不愿独享，拔掉耳机,让大家都能听到。这样做的结果是电池很快耗尽了,杜十娘的歌也没有了,我们重新陷于无边的寂寞。我有心跟洪丽君聊几句,又怕小谢吃醋,跟小谢聊吧,又不情愿。另外,我发现,我越是想接近洪丽君,行动上就越是木讷,想多看她一眼,脖颈却总是扭不过去。我就这么长时间为难着。小谢不知道怎么想的,每隔片刻总要站起来四下里张望一番。他是在捎带着注意洪丽君,但是同时也注意到了薛浪静和刘春梅,他们的亲近使他又妒忌又恼火,趁人家不在意不知不觉就冲他们俩瞪眼皱眉起来,被薛浪静看了去,说:"小谢你有病啊!"弄得他很尴尬,只好重新坐下来。洪丽君的头发在颠簸的车厢中微微颤动,她的头发总是那么干净,她在颈后扎了一条黑头绳,与头发浑然一体,这看似不经意的装饰恰到好处地保护了她的头发,使头发散而不乱,动而不飘。洪丽君把眼镜摘了,双手扶在腿上,假寐着。只有薛浪静和刘春梅又说又笑,一会儿指点车窗外的峰峦叠嶂,一会儿相互依偎,极尽缠绵,基本上不存在什么"失语"。这使我有点仇恨薛浪静。然后是孤独。洪丽君虽然不怎么爱搭理小谢,却并不妨碍小谢自作主张以洪丽君的保护人自居,冷了把自己的衣服往她身上披,热了给她抱褪下来的衣服,苦中有乐。我看了很不是滋味,就想象现在洪丽君和我在许多方面都是相通的,想象洪丽君也许并未对小谢许诺过什么。

我这样想象着,倦意突然袭来,正想闭上眼睛迷糊过去,洪丽君站起来大声说:"薛浪静,你把刘春梅放开一会儿好不好?大白天的硌不硌眼呀,像话吗你们!"薛浪静说:"要不,怎么坐好？"洪丽君说："你们男的跟男的坐一堆，我们女的坐一堆。"洪丽君的嘴向来不饶人，薛浪静是知道的，他不情愿地和洪丽君换了位置。我们三个男的凑到了一起，没事可干，就胡吹神聊起来，高兴处便无所顾忌地哈哈大笑。我们这边一热闹，洪丽君和刘春梅那儿就又扛不住了，也挤过来要求参与。几个人最后比赛起讲故事来，我肚子里正好有一个现成的关于吝啬鬼的故事，就建议看谁能讲一个最最吝啬的故事。大家一齐说女士优先女士优先，洪丽君就让刘春梅先讲。

刘春梅看看薛浪静，笑笑说："本小姐有言在先，故事就是故事，某些人可不能对号入座呀。"薛浪静两手交叉放在胸前，故作潇洒状，也笑着。刘春梅说："有一回呀，一位男士陪我逛商场，我看好了一块美式坤表，就有买下的意思，价钱也不算高，才300元多一点，这一点是多少呢？也不过一块零三毛。这位男士倒挺慷慨挺爽快的，提出替我付账，却非要人家优惠掉零头——一块零三毛。人家不干，他又问能不能只去掉那三毛。如此讲了大半天，人家就是不答应，说差一分也不行，他说那只好算了，就拉着我出来了。"洪丽君说："这么抠门儿呀！"我和小谢也乐得大笑。薛浪静辩解说："那一回正好没带够钱，你倒记得详细！好，下一个，下一个！"大家乐着，转向洪丽君。洪丽君讲了一个外国故事，却不是什么吝啬鬼的故事，倒好像和那个著名的大灰狼的故事差不多。之后薛浪静和小谢也分别讲了，但是都不够味儿。我说："你们讲的这些故事怎么能算数呢？离最最吝啬差远了。"大家就嚷嚷："好好，徐自白你讲个最最的，你讲个最最的！"

我清清嗓子说:"曾经有一个富人是家财万贯牛羊成群呀,他生了五个儿子,五个儿子五张嘴,一到吃饭时他就发愁,一大盆肉一眨眼工夫就光了,这简直像吃他身上的肉一样令他痛苦。又不能不吃肉,便想了一个办法,烧了一小片咸肉,用绳子吊在餐桌上方,命儿子们吃一口饭,看一眼咸肉,不准多看。一次某个儿子多看了一眼咸肉,他立刻用筷子在儿子的头上敲了一个包出来。后来他身患绝症,临终前对儿子们交代:'我死之后,勿要埋掉,街左有一屠户,可求他把我当猪肉卖了,赚些银两。'"刘春梅说:"哇,我们小薛这么发展下去,怕只能有过之而无不及呢。"小谢嚷:"对对,我看也差不多!"薛浪静故意冲小谢挥拳。小谢又嚷:"哟,要打人哪,打呀你,你小子肯定舍不得出拳——多费力呀。"洪丽君托着腮帮说:"呀,徐自白这故事你是怎么想出来的啊。"

总算到了林芝,我们将从这儿乘车直奔墨脱。大家欢呼雀跃。薛浪静兴致很高,模仿毛主席的声音说:"世界是我们的,也是你们的,但归根结底是你们的。"没想到人算不如天算,川藏公路念青唐古拉山以东的通麦102国道遭遇泥石流,害得我们在林芝空等了个把星期,察隅方面仍无通车的消息,无奈,只好到处逛逛。

薛浪静和刘春梅先结伴出去了,招待所里只剩下了洪丽君、小谢和我。我们三个准备一起出去。洪丽君换了一身蜡染的牛仔套裙,赤脚穿了一双茶色扣网凉鞋,显得露在外面的一截白皙的小腿清清爽爽,温柔可人。裤子摆动起来,间或露出圆润的膝,看上去如梦似幻,摄人心魄。而她的脚趾就像清清的溪水光洁透明，又像初长成的花蕾默默含香。在我二十多年的人生历程之中，还从来未曾如此迫近地凝视一个令人心动的青春女性。这一刻，我不知怎么突然想起了薛浪静，想薛浪静的潇洒也许是我永远也不会有的，那是一种与生俱来的、为漂亮女孩而准备的品质，缺乏这种品质的人是不配涉足爱情的啊。我头晕眼花，如太阳底下的一块薄冰那样悄然融化。所以，当小谢凑上前替洪丽君从背后拉紧拉链的时候，我竟然表现得像个傻子一般无动于衷。

林芝有两大景观，一是康巴大街，一是大观寺。大观寺内灯火粲然，悠悠扬扬的晨钟暮鼓，震动起连天的片羽，在空中飞升、飘散。数不清的身着藏族服装的善男信女络绎磕拜于此，将来世寄予这方梵净之地。我们三个远远立在一边，看着出出进进的人们。他们被一种浓浓的、似乎可以触摸到的虔诚牵引着，因此他们的脸上也辉映着虔诚。他们的神色安然，无忧无虑，没有纤毫尘念。生命的意义和人间的至美至善被他们同样空灵的脚步声诠释着，如一首古老的乐曲在耳边回荡。这乐曲中又像融入了许多人的和声，并因此撼天动地。洪丽君的泪水奔涌而出。我知道她是被眼前的气氛、被那动人魂魄的空灵深深感动了。小谢掏出手帕准备送出去，被我毅然挡住了。我嘘了一声。小谢疑惑地瞪着我。

康巴大街与大观寺仅一墙之隔，却一扫高原寺庙中特有的肃穆，呈现出一派富有时代气息的繁荣景象。那熙攘的人流、嘈杂的人声、形形色色的商品，使这条环形的转经路成为行商坐贾的云集之地。在这里，成群结队、头蓄英雄发的墨脱门巴男子及浑身佩珠戴玉的门巴女子最是惹人注目。他们在拉萨卖掉精工制作的马鞍、卡垫、名贵药材、腰刀和头饰,然后采购布匹、衣物、宗教用品后带回。林芝是他们归途中最后一个物资集散地。他们来这儿做最后一次互通有无,然后一路返回。令人惊奇的是,他们中的许多人居然能讲一口十分流利的汉语。洪丽君走近一个十八九岁的门巴姑娘,好奇地问:"姑娘,你会讲汉语?"门巴姑娘回答:"汉老师教的。"洪丽君问:"你们那儿有汉人教师?"门巴姑娘回答:"汉老师现在没有了,走了。"说话间,她的眼睛一亮:"你那串项链是用什么做的呀?这么漂亮!"洪丽君说:"核雕的,就是用桃核刻出来的。"门巴姑娘小心翼翼地问:"我可以用这个跟你换吗?"她指了指佩在胯上的腰刀。洪丽君说:"我可以送给你,不用换的。你是从墨脱县来的吗?"门巴姑娘说:"是的,我们都是墨脱人。"洪丽君说:"我们正要去墨脱,我们到了墨脱,还能再见到你吗?"门巴姑娘说:"你们去了住县城吗?"洪丽君说:"我们先到县城,再从那儿到别的地方去。"门巴姑娘说:"我家在县城西面不远,我想我们会再见面的。"洪丽君说:"你们什么时候动身呀,看我们能不能一起走?"门巴姑娘说:"我不知道……大概就这一两天吧,我们的队长来定。汉姐姐,腰刀上刻有我的姓名,你收下吧,有名字的腰刀会保佑你一路平安的。"

腰刀上的文字分两面,一面是藏文,看不懂,一面是四个汉字:尼娃加珍。

我们从行署办公室得知,墨脱县教委的桑普扎巴主任刚刚结束了在行署的公务,明天就要启程返回。大家临时决定随桑普扎巴主任一起去墨脱。这实际上是我和洪丽君的主意。薛浪静和刘春梅，还有小谢，对这个方案的反应并不积极，他们认为完全可以再等上一两天，既然已经等了这么久了。薛浪静说："这几天光在林芝城中玩，听说城外面还有不少地方可好玩呢。"刘春梅已经学会了几句藏语，说还有不少特色小吃"即即马匝，即即马匝"（没有吃到）。但是洪丽君说："我们必须抓紧才行，时间愈拖后，天气愈无常，只怕夜长梦多误了正事啊。"洪丽君是临行前导师指定的行动组长，她的话具有权威性，他们三个也就不再坚持自己的意见了。我们这一届研究生，导师最喜欢的只有两个人，一个是洪丽君，另一个便是我。导师之所以喜欢洪丽君，原因是多方面的。比如洪丽君的祖父和他是故交，他们的关系可以追溯到新中国成立前的清华研究院和西南联大时期。比如洪丽君尊重师长，对万先生的学问由衷地钦佩，对所学专业表现出浓厚的兴趣，而不像刘春梅和薛浪静那样心猿意马，心不在焉。比如洪丽君为人质朴大方，志向远大，不施脂粉，勤奋好学。导师之所以喜欢我，主要是因为我的刻苦精神，很赞赏我"既来之，则学之"的安分守己劲儿，赞赏我的甘于淡泊，甘于坐"冷板凳"，他认为此乃做大学问的根本。万先生本来对小谢也是很有好感的，因为小谢的入学考试成绩在我们这五个人当中是最好的。专业课和专业基础课的成绩都比别人略胜一筹，而他的年龄又最小，万先生自然格外器重。虽然小谢考取研究生之后的学习成绩并不算佳，多少年来万先生依然对他印象不错。没想到后来出了一件事。他从画报上剪了一张身着三点式泳装的女郎，把洪丽君的头像安了上去。

当万先生打开小谢交来的作业簿，看到了半裸的洪丽君水淋淋地站在他面前时，一向和蔼的老人大光其火，几乎要把小谢撵出门去。实际上在此事之前，不知深浅的小谢还曾对刘春梅这么干过，结果被薛浪静骗出去痛打了一顿。事过境迁，小谢对这些情节也许早已淡忘。而我和洪丽君想到了一起，主要是因为我无聊。无聊使我赞成尽早赶路。至于薛浪静和刘春梅的柔情蜜意，我已对之习惯成自然，虽然心里酸酸，但是我无法忍受洪丽君对小谢的好。到达林芝以后，他们两人的亲密程度似乎日益加深。有一次洪丽君被沙子眯了眼，她居然肯让小谢帮她把沙子从眼睛里吹出来，而小谢居然故意用手捧住她的脸，她也没表示反感。看来我以前对洪丽君的感觉都是片面的，单向的，而她一无所知。我的心绪坏到了极点，有一种被抛弃的感觉。在这种情况下，我只能选择上路。上路至少可以冲淡一下他们的亲热劲儿。我这样思考问题可能有些狭隘，或者说含有一定的小农意识成分，可是又有谁能比我做得更好呢？我几乎是不假思索地同意了洪丽君，并陪她到行署向桑普扎巴主任表达了我们希望与他同行的意愿。

听说我们是考察民俗的内地研究生，桑普扎巴主任欣然同意了。桑普扎巴三十五六岁的样子，具有典型的藏族人的特点，给人的印象是有棱有角，办事干练、果断。他说："我正愁一个人回去太寂寞呢，瞧，你们就来陪我啦！"说完了就哈哈大笑。他的笑声很有质感，他的咳嗽声也很有质感。笑罢，他就大声地咳嗽——这恐怕是由于他抽烟。他的烟瘾好大，一支接一支，不停地抽。他抽的卷烟质量肯定很一般，因为那味道又烈又冲。

去墨脱，只有两条路，一条是从米林县的派乡徒步进入，另一条是从波密县沿扎（木）墨（脱）公路乘车由嘎隆拉雪山进入。若走派乡，将途经多雄拉雪山。当地人提起多雄拉雪山就色变。多雄拉山海拔不过4700米，却变化无常，暴风雪说来就来。桑普扎巴说，几年前部队七名战士在翻越多雄拉时被突如其来的暴风雪夺去了生命，直到第二年开山才找到尸体。据说不幸的事每年都要发生。即使直升机也难以逾越多雄拉天险。成都军区从美国购进的四架"黑鹰"直升机，其中有两架就坠毁在多雄拉。相比之下，还是嘎隆拉雪山比较容易对付，汽车可以盘山而上，仅用七八个小时便可进入墨脱县境内。对一路上动辄乘车几十个小时的我们，还有什么比这七八个小时更令人兴奋的呢！

可那是怎样的七八个小时啊！汽车以每小时十公里左右的速度缓慢爬行在嘎隆拉雪山上。今生今世，我们再也不可能见到比这条公路更难走的路了，感觉汽车一会儿像吸附在垂直玻璃板上负重的蜗牛，一会儿又像颠簸在风口浪尖上无助的渔舟，虽说充满惊险和悲壮，但那滋味总是不好受的。桑普扎巴不断地咳嗽着，不断地说些宽慰的话，大家的心还是提到了嗓子眼儿。公路一侧倚在陡峭的山上，一侧面临深渊，底下是波涛汹涌的帕隆藏布江。路面狭窄凹凸，从里向外倾斜，汽车大部分时间根本无法平行，只能侧身而行。遇上急转弯更须紧挨悬崖边，反反复复几次倒车才能勉强通过。在这个时候，你即使生就一副铁胆也不敢把眼睛往车外侧投上一瞥。桑普扎巴坐在司机旁，薛浪静和刘春梅坐一排，小谢、洪丽君和我坐在一排，洪丽君在小谢和我之间，每个人的精神都是高度紧张，洪丽君下意识地使劲攥住我的手，这很称我的心意。小谢一边受着车的惊吓，一边朝洪丽君这边张望，见状直冲我瞪眼，我佯装不知。

刘春梅和薛浪静是大学时代的同班，大学毕业后双双考取研究生，这感情就有了根基，悄悄话特别多。说起来，这次西藏之行并非他们的初衷，他们是想去北京图书馆查资料，顺便选择一个国家的领事馆打听一下出国事宜。可以说，与洪丽君、小谢和我相比，薛浪静作为一个少数民族史专业的研究生，用在专业上的功夫很有限。他的兴趣是综合性的，除了广泛涉足百家之外，他对证券、国债和期货等金融产品均有研究。他的英语很不错，相信到国外谋发展更为乐观。刘春梅也有此意。可是导师坚持要我们实地考察，说亲自来西藏看一看，要比单纯钻图书馆有益得多。导师万先生是史学大师陈寅恪的关门弟子，对古代史，特别是少数民族史的研究建树颇多，蔚为大观，执学术界之牛耳。他认为我们的西藏之行会使我们终身受益。薛浪静虽有不悦，但在临近毕业之际，也不想再给老先生什么刺激了。他深知老先生已经不对他和刘春梅抱什么希望了，如果在毕业之前的几个月与老先生发生冲突，一定不是什么明智之举。无论如何，把老先生的学位拿到手是非常必要的。老先生的名望可以使他在今后的人生征途中受益无穷，所以他必须忍耐。在原则问题上，小谢从来不敢明显地与先生持不同意见，背地里却比薛浪静和刘春梅还起劲地反对来藏，但洪丽君却对万先生言听计从。他万般无奈，只好违心地跟来。他觉得对洪丽君并无把握，却又不甘放弃，因此内心里充满了矛盾和痛苦。

　　回首嘎隆拉雪山，直插云霄。很难想象，在六十公里的直线距离内，这条横亘于墨脱北边的横断山脉相对高差居然超过6000米之多。这使墨脱县具有许多从寒带到热带呈梯形分布的自然植被带。遥望山巅是一片冰崖苔藓和低矮的灌木丛，山腰是茂密的针叶林和混合林，而后是高大的乔木与藤属植物。如此绮丽壮美的自然景观，我以前只在影视及画报里看过，现在亲临其境，不禁感慨系之，思绪万千。自然界是如此博大神秘和丰富多彩，对于人类，这是一笔何其巨大的财富啊。

　　下午三点刚过，到了扎墨公路尽头的物资转运站。距墨脱县城还有60多公里，至此再无车可乘，须徒步行走两天。天下起雨来。一行人在转运站的饭店里住下了。晚上，我们从桑普扎巴那里了解到墨脱县城的情况。桑普说那里条件相当艰苦，可以说是超乎想象。县城驻地无街无市，走出县机关除了有数的几排平房，便是田野丛林。在县城，几乎看不到报纸，写不了信，找不到饭馆，买不到香皂和卫生纸。看电视得到县委礼堂，县里各机关只有一个食堂，但只能供应米饭，没有蔬菜。因为没有肉，没有油，这里人口奇少，分散居住，没有什么家畜，所以公职人员每人每月定量半公斤食油和两盒肉罐头。但即使这么一点可怜的供应还常常无法保证，多数职工都只能是盐水煮青菜。有一回，县委副书记包饼子改善生活，请我们去尝一尝，一吃感觉不对，忙问馅是什么做的，回答说是白菜和午餐肉罐头，看了那罐头的出厂日期才知，原来那罐头已过期两年多了。刘春梅说："呀，多像徐自白的那个奋蒿鬼啊。""不，那可不是奋蒿啊，那是我们墨脱县最好的食品啊。"桑普扎巴一边说，一边抽烟，奇怪我们竟不觉得呛。"那儿有学校吗？"洪丽君问。桑普扎巴说，本来有一所的，但是无法正常上课。曾经有一个内地的大学毕业生来当教师，是自己申请来的，刚来时还没觉得怎么不适应，经常到机关和年轻人一起聊天，聊完过去聊现在，聊完现在聊将来。时间长了，再也没了新鲜话题，即便是几个人坐在一起，也是相对无言。一到节假日就去爬山或到河里钓鱼，不为别的，就图打发时间，因为时间太多了。小谢不解地问："他为什么不看书呀？"桑普说："看呀，当然要看，天天看书，上班前看，下班后看，白天看了晚上看，一天到晚，一年到头，一个大活人，一个年轻人，总有心烦的时候吧？总有腻歪的时候吧？最后看书就成了打发时间的方式。一年前，终于耐不住寂寞，离开了。我这次到行署，就是为了争取派教师来的。""争取到了吗？"洪丽君问。桑普扎巴为难地摊开双手："教委领导说，还得再等上一年才行。""为什么？"洪丽君又问。"人家不肯来呗。"桑普扎巴说。

我想："洪丽君她问得这么详细干吗？"

此地又冷又湿，牛虻、蚂蟥轮番轰炸，折腾到很晚才睡着。

翌日清晨，不见了薛浪静和刘春梅，后来发现薛浪静和刘春梅留下的一张字条，原来两个人悄悄搭乘从这儿返回林芝的车走了，说是身体不好，将在拉萨等我们，祝我们一路顺风。

我对他们这种方式很不以为然，说："这是干什么呀，你们想怎么样又没人拦着，何必这么鬼鬼祟祟的，都是一起出来的，要是提前离开，至少应该打个招呼才是嘛。"

洪丽君恨恨地说："真是岂有此理，逃兵，可耻！"

小谢看了字条，重重地叹口气，半天无语。

雨停时我们上路了，上路不久雨又来了，这次越下越大，全身很快被淋湿，鞋子里面也积满了水。开始想沿公路走，走了不到两公里，抵达嘎隆藏布江边，一座去年刚修的钢架桥早已被山洪冲得无影无踪，只好原路返回，走进原始森林中的羊肠小路。森林幽暗阴森，大家前后拉开三五米便不见了身影，好在一路上几乎没什么岔道，不必担心迷路，只是中途不能歇气。桑普扎巴说："这一天的路是紧路，不怕慢，就怕站，一旦停下来，天黑之前就不能赶到前面的停宿地，这是非常危险的。这一路常有野兽出没，必须一鼓作气才行啊。"

桑普的话给我们困顿的神经注入了一针兴奋剂。下午一时，我们到了一个叫作东仁珞巴的村寨。全村只有七八户人家，清一色的木结构房屋，分上下不同尺寸，上面住人，下面养羊。有趣的是，这儿所有的门都向东开，桑普说这是因为一清早就有阳光照进门来，是吉祥如意的象征。他使劲咳嗽着说："到了东仁珞巴，我们离停宿地也就不远了，大家再加把劲啊。"实际上这话说过之后又过了两三个小时，已是掌灯时分，疲惫不堪的我们才终于赶到了今天的停宿地——林多客栈，赶忙挽起裤管，拨去附在腿上的蚂蟥，然后挤到柴火边烘烤衣服。我正好站在洪丽君身后，看到她的腿上被蚂蟥咬出的紫瘢和被雨水浸泡得发白并布满血泡的脚板，泪水差点溢出眼眶。我多想把她的双脚、把她的身体抱在怀里，不干别的，只让她闭上眼睛好好歇一歇。她是一个来自城市的姑娘，却和我一样承受着如此痛苦的折磨，而刘春梅和薛浪静却摆脱了。她一个人坐在火堆的一边，皱着眉头，艰难地脱下滴水的外套，用力拧着。我能感到她的颤抖，如果不是小谢在眼前，我立刻就会走过去把她紧紧抱住，可是小谢这小子像狼一样死死盯着我。他还大声地嚷着这儿疼那儿痒的，好像除了他，我们这些人都是铁打的似的，而所有的脚板上无一例外地磨起了水泡。桑普叮嘱我们千万不能挑破，否则明天路上起了重泡，那就寸步难行啦。

　　林多客栈比起林芝的饭店差远了，不过是一间漏雨的小竹屋，内设两张大通铺，"猛张飞"似的蚊虫到处嗡嗡地飞来飞去，可桑普居然说这已经是墨脱最好的路边客栈了。他出面向客栈讨了几顶补丁和窟窿一样多的蚊帐，帮我们支好，然后又喷了药，味道比他的烟还要难闻，但到底蚊虫不那么凶了。我们和衣而卧。洪丽君自己睡一张铺。我们三个男的共享一张铺。桑普被一支烟送入了梦乡，并发出均匀的鼾声，开始尚可，但是声音很快变大，说他鼾声如雷一点儿也不过分，听上去就像许许多多同时狂奔着的马蹄声。马蹄声踏在我的心上。有时马蹄声淡了下去，以为可以安静下来了，清醒的意识渐渐模糊，眼看就要入梦了，马蹄声又突然惊天动地般响起，感觉就像脑袋上被狠击一棒，要向四面裂开。就想桑普的女人会是什么样儿，他这样打呼噜叫人如何受得了。这一夜，我辗转难眠。我知道，小谢和洪丽君也没有睡踏实。

完全不知道什么时候睡过去的。醒来时，只见洪丽君厌恶地用眼瞪着小谢，小谢则低着头，很失意的样子。

桑普抱歉地说："我夜里好打呼噜，影响了你们休息，真是不好意思啊。"

天终于放晴了，看来墨脱在欢迎我们的到来。

因脚板有泡，踩在尖石上，痛得直想掉眼泪。桑普给我们每个人折了一根木棒，我们拄着木棒，脚痛得轻了些，不过走起来还是歪歪扭扭的。小谢闷声不吭气，一会儿用单腿跳着走，一会儿拖着脚走，经常被落下一段。他可能不放心洪丽君和我走得太近，一会儿又气喘吁吁地赶上来，嚷着要休息。桑普说再挺一会儿吧，小谢就再次被落到了身后。眼看着洪丽君对他越来越恼火，他也顾不上往菜里加不加盐了，哼起了"好朋友再见，好朋友再见吧，再见吧，再见吧"，好朋友再见完了之后开始骂骂咧咧埋怨，埋怨完了天公埋怨地母，而路还是在密不透风、遮天蔽日的森林中不断延伸。有倒在地上还在顽强生长的大树，巨大的树冠像一个绿茵茵的操场。洪丽君忘了脚上的痛，说："要是我们把学校迁到这儿该有多好呀！就不用费这么大的力气啦。你说是不是呀徐自白？"我说，那还不是一个样，要出去可就难了。洪丽君笑了："也是呀，你看，我怎么就没有想到呢？"桑普把我们几个人的行囊都要了去，折了一根粗树干挑在肩上，还比我们走得快。路上偶尔与背运物资的墨脱人擦肩而过，他们成群结队，每个人负重看上去都在50公斤以上，其中还有一些年轻的姑娘。洪丽君看了看身上的腰刀，自言自语道："尼娃加珍也会走这条路吗？"桑普说，墨脱境内无坦途，全县每年几百吨的过冬物资、生产及日用杂品，全部靠人力背回。老乡的土畜产品也只有背出去卖了才有钱购物。墨脱姑娘找对象有一个自古未变的条件：小伙子必须能走路。因常年走路爬山，墨脱人的双脚都变了形。说话间，身后传来小谢的呼叫声。小谢不知什么时候落下很远了。我们一连穿过十几棵大树，远远看见小谢正在同两条灰褐色的狼狗搏斗。

桑普惊呼："不好，那是狼！"一听是狼，我和洪丽君顿时大惊失色。桑普把肩上的树干一抖，掼了行囊，冲过去一阵狠打，一只狼被打中了前腿，趴倒在地上，另一只狼跳到一边。桑普再次挥动树干追打那只受伤的狼。那只狼不能动时，桑普用随身携带的腰刀结果了它。另一只狼向后倒退了十几丈远，把身体弯成一张弓，长长的尾巴骇人地朝上抬高，嘴巴触地，一阵寒蝉风吹起，发出怪腔怪调的嗥叫声。桑普说："这是唤它的同伴，其他的狼马上就要来了，我们快爬到树上去！"小谢被刚才的一幕吓破了胆，听到桑普的话，立刻打起精神，转身上了离自己最近的一棵树。洪丽君体胖，又没练过上树，加上一路的疲惫，根本上不了树，急得直跺脚："我不会爬树怎么办？我不会爬树怎么办？"桑普说："没关系，你踩上我的肩膀，我把你扛起来，再让小谢拉你上去。"我抢过来说："就让我来吧。"我让洪丽君踩上我的肩头，然后扶住树干慢慢站起，可是小谢停留的树杈位置太高，他伸下手来洪丽君够不着，洪丽君够不着他，他自己还险些摔下来。桑普说："小徐你赶快上另一棵树，我在底下用肩扛着洪丽君。"于是我上了紧挨着的另一棵树,树枝几乎是交叉着的,待洪丽君伸过手来,我紧紧抓住她的手,把她使劲拉住,连拽带拖地拉了上来。桑普看了看周围,甩开步子跑开,迅速捡了一些石块装进包里,然后站到另一棵树下。洪丽君说:"桑普,桑普,快上来呀你!"桑普弯着腰咳着说:"看来我们一时走不了啦。"小谢从树上喊:"桑普,我们的包还在地上呢!"桑普大声说:"包裹放在地上没关系,狼不要这些东西!"桑普话音甫定,就有了狼的影子。他敏捷地上了树。我们的眼前突然闪出了四只狼,紧接着又闪出了另外的四只。不到十分钟的工夫,树底的空地上就有了十几只狼。

"狼来了,狼都来了!"小谢打着战喊。

洪丽君紧紧地拥在我身上,她的脸也不知不觉地紧贴在我的脸上,一动不动地盯着下面。我虽然也很感恐惧,但现在除了恐惧之外,还有一丝庆幸。实际上我很大一部分注意力已经从树底下转移到身体的感觉上。感觉真是一种具有魔力的好东西,可以使人临危不惧。我几乎是在肆无忌惮地感受着洪丽君滚烫的脸和温暖的头发。面色苍白的洪丽君注意到我的轻松,非常佩服,有了依靠似的,脸对我贴得更紧了。"我就知道你是个男子汉。"她轻轻说。

桑普把包里的石块一块块向下扔去。每扔一块下去都引来一只狼的惨叫。但这似乎并没有吓退其余的狼,相反,从周围的树林里又蹿出许多狼来。最后,狼的数量竟增加到了二十多只。这么多狼同时以一个腔调疯狂地对着我们嗥叫,其中透着森森的杀气,不禁令人毛骨悚然。听说,人一旦被狼群围住,就很难再脱身,狼是吃了人才会撤走的,而且是志在必得,天哪!

更糟糕的还在后头呢。

夜幕降临,森林里黢黑一片。什么也看不到,黑暗中只有一双双、一层层、一簇簇流动的、闪动着绿光的狼眼。这些绿色的光就像一个个阴谋,在深不可测的黑暗中变幻、放大、跳跃。它们近在咫尺,迫在眉睫,你不断感到它们已经从地面爬来,几乎已经挨着你的脚掌了,于是不断有一股股寒意从脚掌往上袭来。你会感到你的腿特别重,特别遥远,沉重得难以承受,遥远得难以收回。晚上温度下降,大家冷得浑身发抖,又无法活动,长时间地以一个姿势扒在树杈上绝不是一件轻松愉快的事。桑普大声咳着,反复告诫大家千万不能打瞌睡。说要想不给狼吃掉就得把眼睛睁大,最好把眼珠子瞪痛。为赶跑睡意,几个人轮流唱歌、讲故事。桑普带头唱了那支"跑马溜溜的山上一朵溜溜的云哟",小谢讲了一段哈克贝利·芬的故事,洪丽君唱了支"我悄悄地蒙上你的眼睛让你猜猜我是谁",我在洪丽君的鼓励下把那个吝啬鬼的故事复述了一遍,还临时想象着增添了新的内容,如果写下来能有1000字。没想到洪丽君对这个故事如此感兴趣,趴在我的耳边说:"我觉得你以后一定可以写出很好的小说来的,只要你愿意。"故事讲完了,我们就放开嗓子穷吼一通。结果我们在树上吼,狼在树下叫。这在某种程度上使我们觉得非常有趣,一时忘了问题的本质。我们以为这样的过程很快就会完结,至多挨到天亮狼群就会绝尘而去,我们就会再次出发。可后来发现这完全是我们的一厢情愿,狼群根本不会这么做。小谢神经质地大喊起来:"妈的,我们为什么非要跑到这个鬼地方来受罪!我要回家!我要回家!薛浪静这个大种马,这个自私的乌龟王八蛋,你为什么不拉了我一起走……"喊完了就哭,哭完了又喊:"我们非死在这儿不可!难道我爹妈辛辛苦苦把我养大,供我读到研究生就是要到这个鬼地方来给狼吃掉的吗?"大家又气又急,都说好话安慰他。洪丽君劝他保持冷静,但是没用。桑普说:"小谢,你不要再胡思乱想,只要我们坚持住,等后面的人来了,就有救了!"小谢固执地说:"可是要等到什么时候啊?要是没人来呢?那我们就要一直这么等下去吗?"桑普说,一定会有人来的。

洪丽君悄悄问我:"你说我们能活下来吗?"

我想了想,说:"能,肯定能。"

洪丽君说:"为什么?"

我说:"你知道的。"

洪丽君说:"我不知道。"

我说:"因为有你。"

天亮了,狼仍未离去。在树上熬了一夜,除了困,还有浑身酸痛,现在是又饥又渴。想象有颗炸弹从天而降,把下面那些凶残的长脑壳炸得血肉横飞。想象地面裂开一道万丈深的长缝,将这群恶狼一个不落地全部陷进去。想象雷电大作,把狼群击溃、烧杀。洪丽君从身上抽出那把腰刀,出神地看着上面刻着的汉文名字。"我渴,有一滴水也好啊。"洪丽君说。洪丽君想从头顶的树叶上舔露水,抬起头时却见一条蛇在那根树枝上悬着脑袋。"徐自白!

徐自白!"洪丽君吓得直喊我的名字,从来没见她如此害怕过。我也自幼见不得蛇那东西,拿狼和蛇来比,如果非得被咬一口的话,我宁可跑到狼的跟前去。但是此时面对洪丽君,我还是能够硬起头皮来的。我让洪丽君抱住树枝别放松,自己顺手握住那把腰刀,以迅雷不及掩耳之势将它挑了下去。我想那条蛇一定身首分家了,因为我听到耳边"噗"地响了一声。由于动作幅度过大,我的身体一下子失去了重心,就在树枝上摇晃了起来。当我意识到发生了什么事的时候已经晚了——我从树上掉了下来,我摔到了地上!

听到洪丽君的惊叫:"徐自白!徐自白掉下去了!"狼群显然没有料到我会来这么一手,在双方僵持了整整一夜之后,我会主动送上门来,所以一时难以明辨其中是否有诈,竟也木呆呆地冷对了片刻,但很快反应过来,张牙舞爪地向我扑来,而我早已不记得自己手里还握着洪丽君的那把腰刀。但是桑普比它们快,桑普似乎是在半空中猛吼了一声,一眨眼挥着树枝冲了过来,也不看目标,就势朝地面上呼啦啦扫了一圈。狼群阵脚大乱,纷纷后退。桑普撂下了树枝,一边抽刀一边高喊:"徐自白,快上树!徐自白,快上树!"

我脱险了,可是桑普却不见了!他被狼群重重包围了,大约过了十几分钟,狼群又重新回过头,拖着尾巴、抖动着皮毛往树下聚拢过来。狼群后面,赫然可见新鲜的、七零八落的根根白骨,白骨旁边是血淋淋的碎藏袍和一把腰刀。

我和洪丽君抱在一起,哭作一团。

小谢也在另一棵树上哀哀地哭了起来。

又在树上熬了一天,我们越来越绝望了。死亡的气息笼罩着我们。现在似乎都没了睡意,但要睁开眼睛已相当困难,我们的力量和意志差不多已耗尽。虽然树底有狼嗥声阵阵升起,但我们已不再有恐惧的力量。我们甚至在想象把眼睛一闭,壮烈地坠入狼群之中。尽管如此,求生的欲望仍然起着作用。这多半是我们又看到了桑普,看到了桑普的凌乱的白骨的缘故。桑普以死告诉我们要坚持活下去。我们不能这么轻易去死。死已经不再可怕,但若是这么掉下去给狼牙一片片地撕开,吞下去,最后化作狼的粪便,这个想法无论如何也是不可接受的。而且这是怎样的一群恶狼啊,它们凶神恶煞,青面獠牙,亮着残忍的牙齿,阴险地消磨着我们的意志力,只等我们从树上落下,它们便可一拥而上,大快朵颐。因此,我们还是利用仅存的生命之光,越过茫茫森林,对远方做深情的眺望。我们像在眺望着奇迹。洪丽君把手始终放在她的腰刀上。"尼娃加珍说过它会保佑我们平安的。"她喃喃地说。她被露水打湿的头发从额头上披散下来,遮住了她的半边脸,她已无力去整理。我抬起手为她撩了撩头发。她在微笑。她将最后的微笑给了我。

"你能活下来,就把我们的故事写出来,让好多人都知道我们。"她说。

"我们都会活着的。"我说。

天又黑下来,不知这漫漫长夜过后等待我们的将是什么;假如能活到明天,不知明天等待我们的又将是什么。突然,我们看到了不远处有一片火光,接着听到了一片呐喊,那是一排排火把,一排排火把在一片呐喊声中靠近了我们。啊,商队来了!是墨脱的商队!他们一直冲到我们的树下,高举火把,转成一个圆圈,把狼逼到圈外,冲那些狼跳起了"鹰舞"。这种舞蹈动作幅度大,感情激烈,充满雄性之美。但我们在舞者中间看到了许多姑娘的身影,她们也像那些男子一样热烈地跳着,她们手中的火把像风车一样旋转,能照见流光溢彩的藏裙和她们美丽的头饰。狼群慑于飞舞的火把,嗷嗷叫着后退。墨脱商队仍在继续跳着,跳着。洪丽君在人群中看到了一个熟悉的身影。

"尼娃加珍!尼娃加珍!"她激动地喊起来。

应该说,我们三人是从树上掉下来的。我们想动一动,然后顺着树干滑下来,但是我们没有从树上滑下来,我们刚动了一下身体,就失去了控制。结果是我们软绵绵地离开了树,然后软绵绵地触地。那是一种介乎飞与飘之间的奇妙感觉。"尼娃加珍!尼娃加珍!"洪丽君喊出这个名字,就失声恸哭起来。尼娃加珍也喊叫着扑过来抱住了她。小谢和我也流起了眼泪。我们无比轻松地躺在藏民中间用哭声宣泄着我们所有的心酸,并在哭声中昏睡过去。

第三天傍晚,我们终于到达县府驻地。我们在这里与尼娃加珍和墨脱商队挥手告别。洪丽君拉着尼娃加珍的手走了很远,夕阳用最后的霞光为她们做了一个长长的剪影。墨脱商队在暮霭中消失了,尼娃加珍也看不见了,洪丽君还一个人久久地站在远处。

当我们在简陋的县委招待所坐定,感到除了我们的声音,身体似乎已不属于自己了。我们分别躺了下来。小谢看着我和洪丽君,有气无力地问:"我们什么时候回去?""我想留下来,"洪丽君说,"我不走了。"小谢腾地坐起:"什么,你,这地方!"洪丽君说:"我跟尼娃加珍说好了,要留下来做教师。"小谢几乎嚷了起来:"你想过没有,这儿是西藏,藏东南啊!"洪丽君说:"徐自白,你愿意和我一起留在这儿吗?"

我的眼光被顶棚处的一只小蜘蛛吸引。没错,那是一只金色的蜘蛛,我看见了它在闪亮的蛛网上跳动着,跳成了一朵光灿灿的线绒球。

"我愿意!"我说。

校园没有桃花源

上午，我去系资料室借一本陈寅恪的《柳如是别传》，离开时，资料员丁志芸追出来对我说："志凯老师，丁老师让你今天下午到他家里去一下。"

丁志芸所说的丁老师，就是教研室主任丁安庆副教授，也就是她的父亲。她这么称呼自己的父亲，有减轻父亲对她的影响之意，因为她的工作和生活环境，都走不出父亲若即若离而又无处不在的庇护，就像一株大树与大树底下的一株草那样。但是丁志芸有更高的追求。她努力使自己摆脱这种影响，于是跟西方哲学专业的教师提一提弗洛伊德和荣格，跟古典文学专业的老师提一提陶渊明的《桃花源记》和嵇康的《声无哀乐论》，甚至严羽的《沧浪诗话》，但总是给人一种生硬、别扭、为赋新词强说愁的感觉。倒是她的微笑十分迷人，一个成熟女人才会有的那种颇具性别内容的微笑。她的微笑曾经使我在相当长的一段时间里恍惚过，直到发现她几乎同时对系里所有单身青年男教师都这么静静地微笑过，我才转过神来，觉得自己傻得可以。从此我对丁志芸和任何无缘无故地给我微笑的女人敬而远之。

我来到丁宅时，丁安庆副教授正在侍弄一丛粉嘟嘟的花。丁安庆副教授养的花是出了名的，不但花期长，且一株花能同时开出红、粉、白三种颜色，堪称一绝。午后的阳光下他赤裸着上身，脊背上的脂肪在汗水中滚动，腹部堆集成牛咽般一圈一圈的赘肉。

那宽厚的腰带深深勒进肉中，他似乎全无知觉，就使人觉得那些皮肉已经衰老、没有生机了。天很热，丁副教授的花释放出一股浓浓的、热烘烘的甘甜味儿。

丁副教授见了我，示意地点点头，又朝我摆摆手，意思是先看看他养的这些花长得怎么样。

其实我对养花毫无兴趣。我生在海边，更喜欢成片的野草和无垠的沙滩。

"你找我，丁老师？"我说。

"啊，志凯，"丁副教授说，"听说你要考博士，准备得差不多了吧？"

"我刚刚开始看一些功课，很随意，没十分把握，只不过打算试一试。"我说，心里想他不会是专门为了问我考博士的事才叫我来的吧。

"我看你还是认真准备一下的好，既然你有此意。叫作不打无准备之仗嘛。干什么都得有个准备。"丁副教授小心翼翼地从一截花茎掐下一片衍叶，说，"我看你能行，你是学英语出身的，这本身就是一大优势啊。"

"都扔下多少年了，单词差不多忘光了，已经谈不上优势了。"我说。

"问题不大。反正英语是个工具，只要搞好专业课就会有把握。"丁副教授抬头看着我说，"志凯，我们编的《中国古代文化史纲》就要出版了。"

我感到丁副教授开始把我们下午的谈话切入正题了。丁副教授的眼睛熠熠闪光,但是他要谈些什么呢?我想象不出一部文化史纲的出版还会引出什么意外的话题。

"是这样,"他说,"我的意思是再增加李震署名做主编,志凯,你有什么意见吗?"

我大惑。《中国古代文化史纲》是丁安庆副教授、陈克为副教授和我三人合撰的,李震自始至终未曾参加这部书的编写工作,丁安庆副教授为什么要让李震署名呢?

我说:"丁老师,这样不合适吧?"

丁副教授说:"志凯你有所不知,这部书李震包销1000册呢,对它的顺利出版起了很大作用。让他来做第四主编,也可算是一种合理酬劳嘛。"

我表示不然:"那尽可以采用其他的方式呀,历来谁的文章谁署名,我想陈老师也会这么说的。"

丁副教授说:"老陈现在也顾不上这个了,他脾气大,顶多放一通炮而已。只要你我没有什么分歧就行。再说这件事还没有最后定下来,暂时不宜让老陈知道。"

我说:"丁老师,我觉得……"

丁副教授打断了我:"志凯,据我所知,你跟李震处得蛮不错嘛!"

李震和我共享一间宿舍。他是从东北一所大学研究生毕业,我则是从江南一所大学研究生毕业,同一年被分配到齐鲁大学社会科学系的。李震长我十岁,却比我多了近二十年的社会经验。

他说他自己的经历本身就是一部历史书：上山下乡时插过队，"学大寨"时干过生产队队长、民办教师，"批林批孔"时又成了工农兵大学生，然后回人民公社当干部，结婚和离婚，三十六岁时重进大学读研究生，是研究生会的主席兼党支部书记。他是那种不显山不露水，看上去不起眼但很有后劲的人。潮起潮落在胸，风云变幻不惊。他与世无争地出现在众人面前，说得少干得多。尤其是热热闹闹的场合，他可以一直默默无闻地工作下去，汗流浃背，气喘吁吁，而且不修边幅。他有限的几套衣服都是四季服，一套衣服论月穿。大家注意到他的时候，不知不觉之间他已经颇有些实干家的形象和口碑了。许多人都看到资料员丁志芸频繁地向他微笑，令人叹为观止。

陈克为副教授曾如此评价李震："他可不是吃素的，他是个很有心计的人，教研室每次开会，他总是最后一个发言。"

为此，李震对陈克为副教授很不满，私下里对我说："陈老师哪儿都好，就是说话多，话一多难免有失，他吃亏就在这上面。"

大概是朝夕相处的缘故吧，李震常跟我说一些心里话，我对他更是无话不谈。

我把丁副教授找我谈话的事对李震讲了，他表示已经知道了。

我故意说："是不是丁副教授要招你做快婿呀，他对你格外照顾呢。"

李震似乎很不愿意我把他跟丁志芸扯在一起，他撇撇嘴："才不是呢！我怎么会跟她……唉，你不知道，丁老师是别有一番深意的。"

我说:"我看不出让你署名还会有什么其他用意。"

"你不懂。"李震说,"他实际上是针对陈老师的。"

"这我就更不明白了。"我说。

李震说:"你知道,学校职称评委会有一个规定:著作类科研成果的申报,主编者不能超过四人。现在增加我的署名,使主编恰好达到了四人,这么一来,这本书将不能再作为晋职用的科研成果申报了,陈老师评上正教授的希望就随之渺茫了。像我们这样一个小系,学校每次最多给一个正教授名额,而正教授与副教授的待遇,不论在住房还是在经济收入等方面,都是不一样的。所以还是有必要在这上面花费一点心思的。"

"可是这么一来,不是也同样对丁老师自己有不利影响吗,丁老师不至于连这一点也不清楚吧?"我还是有点摸不着头脑。

"那是,"李震说,"不过你别忘了,陈老师比丁老师整整大三岁,而且身体不好,很快就要退休了。即使挨日子,丁老师也占便宜呀。所以两害相权取其轻,丁老师便想起来要打我这张牌。"

我说:"照此说来,还不如丁老师发扬一回风格,让陈老师先上呢。"

李震说:"陈老师也许会这么想,但是丁老师不会,这就叫人与人之间的差别。"

我说:"你言重了吧?"

李震自信地笑笑:"我只不过在预演一个事实而已。"

又想起丁老师说李震要包销1000册书的话,我问李震怎么办。

李震说:"丁老师帮我出主意,可以作为选修课的补充教材,也可以作为参考资料卖给学生。反正学生年年有,还愁卖不出去?"

陈克为副教授为人正派,但学究气十足且性格倔强,常常显得固执、不近人情。有一次,全省高校社科教授观摩团前来听丁安庆副教授的公开课,那一课讲的是《三国演义》第四十八回"宴长江曹操赋诗,锁战船北军用武"中曹操"横槊赋诗",作《短歌行·对酒当歌》。陈克为副教授当场站起来,激动地反驳说:"老师们,丁老师的说法是错误的,我们千万不要再以讹传讹了。"接着罗列大量史实,证明他的观点:"实际上,《短歌行·对酒当歌》并非曹操一人所作,而是曹操和他的宾客互相唱酬之辞。也就是说,《短歌行·对酒当歌》是一首宴乐……"自此丁安庆副教授再不言曹诗——他觉得曹诗让他伤透了心。

但陈克为副教授并未充分意识到问题的严重性,他利用寒暑假写批评文章在许多刊物上发表,对发生在身边学术圈内的一些事情持相反观点,有时言语相当犀利,因此不少人对他颇有微词。只是近来由于老伴儿新丧,唯一的儿子又出了事,他的批评才逐渐减少了。许多人都松了一口气。

这次丁副教授拉李震做署名主编,陈副教授少不了又要出来进行抨击。

出乎人们的意料,陈克为副教授并没有如人们期待的那样发作起来。他甚至在见了《中国古代文化史纲》的样书时仍保持着平静的心情。他只是显得很吃惊,好像遭遇到木星派来的飞碟一般。

在系办公室,他指着封面上李震的名字问丁副教授:"这是怎么回事,老丁?我记得李震好像并没有为这本书写一个字呀!"

丁副教授说:"老陈别生气,听我解释。出版社嫌我们以前的印数太少,要求追加1000册,这1000册必须由作者负责销路。怎么办呢?我找志凯老师协商了一下,我们不能因为这1000册书而让出版的事流产,我们非得想一个办法才行。你一直比较忙,身体又不太好,所以我和志凯老师就替你做了一回主,把这件事定下来了。我想让书出版是我们共同的目的,相信老陈不会在乎增加一个署名的。"

陈副教授说:"原来如此啊。"说罢冲我的方向疑惑地看了一眼,迈着沉重的步子走了。

我心里突然有些难过,觉得此事也应该有我的责任,我得找陈副教授谈一谈。但又一想,我去谈什么呢?去谈这全是丁副教授一个人的主意?还是谈李震的"两害相权取其轻"的道理?都不妥。这使我非常苦恼。

但是丁副教授为什么要那样说呢?

难道身为老教师就可以如此不尊重一个后来者吗?

高校的政治理论课越来越难上了,原来的若干必修课现在都成了选修课,而选修课又没有人选,苦口婆心连拉带劝地凑足了数,学生还是无心听课,弄得为师者灰心丧气。这种现象,有人戏之为"疲软"。政治理论课是社会科学系的主干课程,倘若如此疲软不振下去,势必人去楼空,停课大吉。

于是便有了大连之行。趁五一节放假,又恰好接着周末和星期天,系里决定到大连海政学院考察政治理论课的教学工作,报纸上说那儿的政治理论课是最受学员们欢迎的课程。系里要求各教研室具有讲师以上职称者都去,系主任亲自带队。陈克为副教授请了病假。其他人便随系主任一同出发了。

大轿子车沿着黑漆漆的沥青公路火辣辣地跑了一上午,终于到了胶东的龙口市,大家在这里换乘海轮。

大海使我想起了家乡。我的家乡是一个美丽的滨海渔村,拦海坝像一条巨大的游龙,从我家的后院墙下面经过。曾几何时,我骑在高高的院墙上看涨潮时水头上的小梭鱼儿,它们在阳光下蹿出海面一尺多高,洁白的肚皮儿就像镜片一样闪闪发亮。那一群群棉绒似的海鸥,一簇簇深褐色的海藻,还有翻腾不息的海浪、清凉爽快的海风……所有这些关于大海的记忆都使我感到无比亲切,但是我从来没有乘过海轮。在海轮上看大海,我和所有人一样,仍感觉分外新鲜。

一个出生在内地的青年教师第一次见到大海,激动不已,竟忘情地放歌"大海呀,我的故乡!"引得众人哈哈大笑。甲板上的老师们被大海的神秘、壮丽、博大和雄浑所征服,一个个像回到了孩提时代,滔滔不绝地说着童趣和过去那些天真的梦,并不断被自己放大了的过去感动着。

李震也是第一次看到大海。他似乎只对海里的鱼感兴趣,不厌其烦地向我请教海鱼的种类、习性、名称及其不同的味道,结果被我谝得差点没流出口水来,说上了岸无论如何也要寻一家海味餐馆好好品尝一番。

大家正聊得起兴,海面上起了风,风起浪涌,海轮颠簸起来,于是慌慌乱乱地往舱里挤。我不怕海,不紧不慢地跟在众人之后。李震见我如此沉着,知道没什么可惊慌的,就和我一起走在最后,让别人挤去。丁安庆副教授扶着比自己年轻十余岁的系主任,拼命往前蹭,那股子殷勤劲儿,真叫人不舒服。

我和李震对视了一眼。我说:"系主任既年轻又健康,应该反过来照顾丁老师才是。丁老师也未免太那个了。"

李震冲我眨眨眼睛,说:"你太单纯了,丁老师是聪明的,做人就得能大能小,不能学陈老师那样偏,那样是吃不开的。一个人能做成一点事情,很大程度上不是光靠自己就能了事的。现在不仅要密切联系群众,而且更要密切联系领导,否则将一事无成。"

李震的理论我听了有些糊涂,觉得好生费解,同时也有一些失望。就我个人的经验来说,许多已经发生了和正在发生着的变化,似乎是太快了,快得使人难以适应,简直到了目不暇接的程度。那么,是不是所有的变化都有意义呢?或者说,本来好的东西也要变化吗?

然而,更令人费解的,是不久以后发生的另外一件事情。这件事情使我对李震的印象罩上了一层揭不开的迷雾。

海轮是清晨五时驶进大连港的。出租车把我们一行送到了海政学院,我们很快就在学院的招待所里安顿下来,一律两人一间的规格。李震提出还是与我在一起。丁安庆副教授和系主任住在隔壁。我问李震何时去寻海味餐馆，李震建议先看看系主任怎样安排，然后再做决定。这时，我们隐约听到隔壁传来嘈杂不安的声音。老师们从自己的房间跑出来，围在走廊上。李震和我也跟了出来。只听丁安庆副教授像讲课一样字正腔圆地说："主任的600元现金遗失在海轮的床铺底下，这是主任的私款哪，看看哪位老师辛苦一趟，抓紧时间赶回去找一找？"

老师们刚刚结束了十几个小时的海上行程，困乏不堪，对大连这座城市也不熟悉。而且，就是千回百转地找到了海港，谁又能保证一定能找回那遗失的现金呢？如果那600元现金一文不少地找回来还好，皆大欢喜，但如果找不到，其他人会作何感想呢？系主任又将作何感想呢？这里面有没有贪污的可能？如此想来，老师们觉得还是谨慎从事为好。

我以前倒是来过大连，也知道去港口的路，但是不知为什么，我对今天这件事很反感。我不想让丁副教授他们太高兴了。

没想到李震一反自己往常的缄默态度，他自告奋勇地要求只身返回港口，把钱找回来。

600元现金果然如数找回来了。

系主任一脸乌云都散了。

丁副教授拍着手说："真有你的，李震！"

我猜到这钱是李震自己掏腰包垫上的，他根本没去什么港口。因为我注意到：我们乘出租车从港口到海政学院招待所足足耗时四十分钟，是单程，而李震去了又回，双程的路还用了不到四十分钟，即使会飞也不可能如此之快呀。

晚上，我问李震："你这么做，值得吗？"

他很惊讶地盯了我一会儿，不无尴尬地说："至少，在关键时刻让系主任看到了我的能力，值得。"

"哦，关键时刻。"我说，"真是有趣。"

从大连回来之后不久，学校开始了评选先进教师的工作。陈克为副教授的课时数雄踞各教研室之冠，其教学效果亦堪称最佳，据学校所做的一项调查，在全系开出的政治理论课之中，只有陈副教授的课堂保持着95%以上的全勤率，名列前茅，而且在科研方面陈副教授的许多论文都被国内一些有影响的文献刊物全文转载过。因此，陈副教授当选校级先进教师无疑是实至名归、自然而然的事情。这一荣誉称号将使他优先享受晋升正高职的机会。但是在教研室开会推荐候选人的时候，丁安庆副教授却说出了下面一段话：

"我看这一次不妨让年轻人上吧，年轻人有朝气，有发展前途，我和老陈年纪都大了，就不跟年轻人争这个先进了。我提议我们教研室推荐李震老师，如何呢？"

事情就这么简单：李震当选为学校的先进教师，继而又被提拔为系主任助理。从此，我们两个人的宿舍便失去了往日的安静。来的人比以前多了，当然，大部分都是来找李震的。人们发现李震原来是一个极具魄力的人，有了问题找他，很快就会得到解决。

来客当中还有丁志芸。现在她的微笑是直扑李震而去的。上午她一般不来，大概是有意避开别人吧，晚上也很少来，只在下午过来。每一次的衣服都小有不同，或颜色，或款式，或内衬，一次一个样儿。开始的时候，她来后不超过一个小时便离开，渐渐地越待越长，到后来几乎一坐一个下午，直到晚饭时分才恋恋不舍地起身告辞。她的收获是赫然在学报上发表的一篇《论李鸿章在甲午海战中的作用》的7000字长文。而据我所知，那正是李震硕士论文的一部分。

为了寻找一个坐冷板凳的空间，也为了少看一眼丁志芸的微笑，我只好躲到图书馆去。李震很过意不去，他做了一些工作，减少了派给我的课时量，以便使我有更充裕的时间来做考博准备。现在，在图书馆温习功课成了我的最大乐趣。

这天下午，我携了一包书从宿舍出来，没有去图书馆，却径直来到家属区。我突发奇想，要到陈克为副教授家去看一看。

校园里有个风气：住家很少互相串门。家家户户都用现代材料的铝合金门窗把自己封闭起来，同时也使自己与别人隔绝了。老师们除了正月里互相礼节性地走走，一年到头基本上没什么往来，有事在系里谈、在教研室谈，日子久了，便互不清楚各自的住址，遇到急事还得专门跑到房产科去查一查。

唯独陈克为副教授家的住址知道的人比较多，因为陈副教授家里有一个傻儿子，经常失踪，所以经常贴出寻人启事，每张寻人启事上面都留有家庭住址。其实陈副教授还是非常好客的，很乐意有人去玩，不过平常去他家的人并不多，原因还在他那个傻儿子，据说他的傻儿子犯起病来会伤人。大家都知道他的儿子本来不傻，曾经当过市教育学院的助教，曾经写过很美很动人的诗歌。

几年前由于纯属人际关系方面的问题被卡而没评上职称，相爱多年的女友跟他告吹，受了刺激才变成现在这个样子的。陈副教授认为这是心胸狭窄的结果，他为自己的儿子感到悲哀。

陈副教授见了我非常高兴，连声说："欢迎欢迎。"

我说："今天想过来看看陈老师，我早就想过来拜访了。"

陈副教授说："好好，志凯，你能来我很高兴啊。"陈副教授把我迎进客厅。他的儿子躺在拐角沙发上，正玩着一副眼镜，见我进来古怪地笑笑，便不再理我。看得出，他曾经是一个精明能干、性格内向的青年人——他该有何等美好的梦想啊！

陈副教授给我倒了一杯热茶："志凯，你别担心，他今天还好，不会有事的。"

"啊，没关系。"我说，"陈老师，他叫什么名字？"

陈副教授说："他叫陈国力。"

"以前我还读过他的诗呢。"我说，"陈老师，他就不能治好了吗？"

陈副教授说："能去的地方都去过了，能想的办法都想过了，恐怕没有什么指望了。"

我说："陈国力，这真是一个好名字，这是一个很有希望的名字啊。"

"这个名字是我给他起的。"陈副教授的眼光有些凄迷，"我本来在他身上寄予了很大的希望。但是他没有成才，他就像一株香椿树那样被风吹倒了。我很难过。生活就是这样。有时候生活中的苦味要比甜味多。你又无法选择，你就只有适应它。"陈副教授顿了一下，长长呼出一口气，又低头沉吟道："现在我已经习惯了。习惯了。国力的病是周期性的，疯一阵好一阵的，到时候上来那股子邪劲儿，总想往外逃，拽都拽不住，一眨巴眼的工夫就不见影儿了。一般情况下也还认得附近的路，知道自己回家。只是有一次下大雨，国力跑到郊外迷了路，三天三夜没回来。他在老乡的玉米地里，饿了就啃生棒子充饥，渴了就喝地沟里的水，晚上也睡在那里，被发现时浑身上下给蚊虫叮咬得没有一块好肉……我有冠心病，恐怕不会活得太久，国力是唯一叫我放心不下的。我死后，他会饿死的……"我看到陈副教授的眼圈红了，就想换个话题，谈谈《中国古代文化史纲》的事，可话到嘴边，又咽了回去。

这年秋天，我到北京一所大学攻读博士学位。从我离开社会科学系之后，一直来鸿不绝，我的旧日同事们继续给我传递那里的消息。丁志芸的论文在省里获了奖，被破格晋升为讲师，列入教师编制，补充我走后留下的空缺。陈克为副教授在寻找儿子时不慎将右腿摔折，提前病退。无竞争对手的丁安庆副教授顺利地当上了正教授并重开古典文学课重讲曹诗。李震身手非凡，已是系副主任，负责全系的教学与科研工作。他的工作扎实，成绩卓著，赢得了普遍的赞誉。

最近又收到李震写来的一封热情洋溢的信，信中说这个寒假期间他准备与丁志芸举行婚礼，届时恭请我的光临。

天尽头

> 如果你心尖尖儿疼他呀,
> 最好告诉吧心尖尖儿,
> 成山崖是天尽头!
> 如果你心尖尖儿不疼他呀,
> 最好瞒着吧心尖尖儿,
> 成山崖是天尽头!
>
> ——成山崖民谣

一

光绪二十年,岁在甲午。陈老太活到76岁,在成山崖子算高寿了。硬邦邦的身子骨,突然得了一种不吃不喝的病,头不疼脑不热,在炕上挺了几日,说去就去了,任啥罪不遭,这就是大福分。

陈老太人缘极好,薄嘴唇儿,能说会道,一辈子做了数不清的大媒,积够了阴德,才有如今的福分。

陈老太此生最后一桩媒事是为自己的儿子做的。

这一年的夏天格外难懂,从海里漂上来难以计数的死鱼,以及成片成片的死海蜇,成山崖子的十几口水井无端灌进了卤水,呛死了福祺家的一头驴。老陈家院墙内外的石灰皮纷纷脱落,墙根泛出白色的碱花,天井里的两株老榔树无缘无故地枯死了一株。

伯郁几乎是整夜整宿睡不着觉,脑袋里面嗡嗡作响,杂乱无章的东西来回闹腾,最终分为两大阵营,像要朝两边裂开。焦躁不安的伯郁把那只美丽的彩釉花瓶在天井里的磨刀石上响亮地摔成花瓣样的碎片儿。那是若干年前远在掖县的姥姥送给母亲的陪嫁,工笔绘着蓝色的小河、香椿树和一对嬉戏的童男童女,掬水濯足。花瓶立在黑漆漆的衣柜顶上分外醒目。它的魅力无时无刻不吸引赶海归来的伯郁将它拿在手中摩挲一番。

那天伯郁把它伸进日光里细细端详,发现上面的小河淙淙淌起,令他神清气爽,不禁生出掬水的愿望。伯郁以看起来极其庄严的表情对准脚下的磨刀石,两手优雅地一撒,就听到了一种天籁般悦耳的脆响。

陈老太带着针线从屋里跑出,分明看见死去多年的丈夫又站到了跟前:威武挺拔,英气逼人,并如阳光一样炫目。

陈老太呵呵笑了。

伯郁听到她在说:"啊哟哩,耀眼哩,耀死俺的眼了。"

伯郁嘴巴子张了张,说:"可这声音多好听呀,娘。"

"是老大呀,"陈老太说,"看你,把娘吓了一大跳。"

"它没啦,娘。"伯郁说。

"哦,敢情好,没了就没了,"陈老太说,"长大了长大了,你一准是想嫚儿了呢。"

说这话的时候,陈老太冲他眯起眼睛,脸上漾开满足的笑容。

老伴去得早,她跟两个儿子相依为命,老大伯郁和老二文昌。伯郁眼瞅着到了谈婚论嫁的岁数,成山崖或者邻近的村庄却找不到合适的女子，这是很让人心焦的事体。伯郁生性木讷，不会动心机，所以本村上的好女子都给别家的小子弄到了手，而伯郁的婚事没有着落，老二将来的婚事也必将跟着受憋屈。这旮旯的风俗是依着长幼次序来的，那边为兄的不成家，这边当弟的就只有干等。陈老太必定是注意到了儿子一双眼睛里面急出的火苗苗儿，才决定跑一趟掖县的娘家。她知道这是最后一次回娘家了，再也不会有第二回了，她知道自己能有多长的寿限。

她从掖县带回了水瓖。

伯郁把水瓖从花轿上抱了下来。

伯郁把水瓖抱起来的时候，在刹那间成熟了。水瓖软软的似乎可以揉成面团的乳房压上他的胳膊，他看到晴空中传来一道闪电并立刻击中了他，让十九岁的他产生了某种近乎悲壮的感觉。大约此刻他已经预感到自己未来的人生中行将发生的一系列严重变故，只是尚不清楚这对他究竟意味着什么，或者与什么事件有关。他只是隐约感到那些事情是早已注定了的。

看到伯郁和水瓖双双入了洞房，陈老太那爬满褶皱的心开始融化，仿佛雾凇崩裂开去的青枝绿叶，一种甜丝丝的感觉滑过干渴的喉咙，然后向四肢扩散。陈老太无比轻松地接近了自己的终点。

现在水瓖像一只浑身散发着鲜奶味儿的绵羊羔子偎在他怀里，这是他从来未曾想到过的。他吃惊于一个女人的身段竟会如此柔软，如此暄腾，还没怎么用劲就差不多将十个手指头嵌进她的肉里，以至于他刚刚把水瓖放上炕，水瓖就娇喘着呻吟起来。他能感到水瓖的心跳就像海浪一样咚咚敲击他的胸口，敲得人晕晕的、醉醉的，骨头都快酥了。他探出火辣辣的舌头在水瓒溜圆的肩头游荡了片刻，然后一寸一寸咬进去，而水瓒则闭上眼睛，等待火一样的伯郁将她烧熔。伯郁已经迫不及待了——凭直觉，她是知道的。

这时候村上某个地方响起震天动地的爆炸声。那声音是朝着四个或者八个方向，同时炸响的。

一发炮弹击中了成山崖子。想想看，成山崖子，也就巴掌大的一块地方，突然打来了一发炮弹，天都给撕裂了。感觉那么迫近，好像贴着枕边滚过的惊雷，直要把脑袋当中劈开，窗棂子支棱棱摇摆不止，土坷垃自屋顶砰然跌落。水瓒哇地惊叫起来。

伯郁则瘫软在水瓒身上。

惊恐中的水瓒仿佛听到外头窗底下传来一种异样的声响，很像一个人，接下去便是狗吠，一直到天明。

崖子东头的龙王庙被炸上了天。

一个宿在那里的流浪汉给炸得仅剩下一截血淋淋的残臂。成山崖子陷入一片惶惶不安之中。首先，这倒霉的炮弹怎么说来便来了呢？莫非世道又要不太平了吗？可是这究竟从哪儿说起呀！成山崖，人道天尽头。世世代代的成山崖子人哪，以礼义立身，以勤劳为生，四邻敦睦，鸡犬不惊，而如今这炮弹硬是莫名地飞来了呀。其次，这龙王庙钻上天去可绝不是什么好兆头！将来老龙王在天尽头没处落脚咋办呢？没处落脚的老龙王真要翻江倒海起来，成山崖子还能指望儿孙兴旺、靠海吃海吗？

所以炮弹既已落地，顶要紧的是尽早修复龙王庙。

但不知为何，此议竟未能行，以致此后将近半个世纪里，成山崖子最终没有再建起龙王庙。

如果不是龙王庙前遗留下的一口老井,人们兴许早已把它给忘了。后人们推测这与福祺的归来有关。

福祺带回来的消息给成山崖子修复龙王庙的热情不啻兜头浇了一瓢冷水。

福祺是被征去威海卫当水兵的,十几年不见,如今拖一条瘸腿,腚后面跟着一个头梳髽髻、腮涂胭脂的窑姐儿回来了。那窑姐儿后来成了他的女人,还给他生了一个瓷瓷实实的儿子。这自然都是后话了。不过上了年纪的人都说这女人的右眼皮上有颗泪痣,下面托俩泪袋,无疑是苦命一条。说不准还会克夫妨子呢。

福祺中了邪,居然肯要她。

福祺那条一瘸一拐的腿,是给东洋人打的。说是东洋人的炮打来的时候,按照管带的指令,他正待放鱼雷,那炮弹就在身边开了花儿,把他们那条战舰的甲板凿了一个水缸样的大窟窿,一块弹片儿嵌进他的左腿里。他摇晃了一下,扑通一声就摔倒了。他说他命不该绝,大清国经营多年的北洋水师给他娘的东洋鬼子"满门抄斩"已全军覆没,如果不是香菊碰巧发现了他被海浪冲上滩头,他还有活人的份儿吗?或许他早已喂了野狗和海猫子亦未可知。那狗日的东洋鬼子肯定还会再来,他娘的!紫禁城里那尊老佛爷也忒埋汰、忒缩头乌龟了,往后的日子里东洋人的炮弹必定少挨不了,还修的哪门子龙王庙呀。

人们对他的话将信将疑。

堂堂大清帝国的龙旗怎能抵挡不住东洋人的犬牙呢?而且还

妄称老佛爷缩头乌龟,这怎么得了!皇天后土,成山崖子虽说远在天尽头,可祖祖辈辈是做顺民的啊,可到了福祺这儿,怎么就变邪走样了呢?

不过来年入了冬呀,东洋人果然又出现了,轰隆隆攻陷荣成县城,其前锋还一度延伸到海阳、牟平、掖县等地,并最终以全部海军力量包围了威海卫。

"这狗日的,"福祺说,"胃口大着哩!"

"天杀的。"福祺又说。

"天杀的。"人们说。

"倭寇。"伯郁说。

福祺,还有另外的人,非常惊奇伯郁有如此上档次的骂法儿,都佩服地把脸转向他。

"自古那是一群狼,一群吃人的狼,"伯郁接着说,"俺娘说了多少遍了,当年俺姥爷他祖上就随戚家军扫荡过倭寇,从登州到了泉州!他们一败涂地。他们被齐刷刷赶下海去……喊!狼来了总有对付它的办法儿,天上没地上有,反正咱中国人不当绵羊。"然后,掰开众人的目光,甩着虎步回家了。

他心里惦记着,也许,陈老太将不久于人世了。

家里的气氛有些窘迫,里里外外弥漫着一股呛人的苦艾味道。来了许多龄齿不一的乡亲,但大都是有些年纪的,全围拢在陈老太身边,脸上都灰灰的,没有生气。伴随着一阵艰难沉闷的咕噜声,陈老太喉上的青筋猛烈地蠕动起来,似乎原来一直潜伏在那里的什么虫子扎了堆儿,那咕噜咕噜的声音似乎也是与虫子有关。末了,陈老太终于咳出一口带血丝的痰来。

陈老太伸手抹了一把额头,她那充满沧桑的额头便如同烙铁熨过一样既平整又光滑。这使水瓅看了很害怕。她见过一些垂死的老人,他们的那个部位一律既平整又光滑,就像贴在照壁上风干了的梭鱼皮一般。陈老太的眼神也令她不寒而栗,那里面翻腾着一种天堂般神秘叵测的窳败气息,叫人不敢正视。

陈老太松弛的目光游移着,在水瓅身上停住了,那目光将水瓅自顶至踵抚摸了三遍,最后盯住水瓅的肚子说:"瓅儿,好嫚儿,如今俺老陈家,就指望着,你这张肚皮来……咯咯咯……续香接火……早些,抱出个胖孙孙来呀!"

水瓅不知如何作答,又当着这若干人的面,脸腮火辣辣的,只好把头埋向胸前,怯怯地盯着自己的脚尖。

伯郁看一眼水瓅,替她应声道:"是,娘,早些抱出个胖孙孙来。"

文昌这兔崽子就用异样的目光拷问伯郁。

"你干吗这么瞅人,我脸上有朵花儿吗?"伯郁说。

"嘴巴上,沾了个饭渣子。"文昌说。

伯郁举手往脸上一抹,说:"还有吗?"

"掉地上,"文昌说,"伙计捡去了。"

文昌养的那条黄皮牙狗,听到主人叫自己的名字,一眯眼从文昌裤裆后面拱过头来,舌头伸出一拃长短。文昌狡黠地双腿一拢,伙计给夹痛了,却不敢放肆叫,脑瓜子乱弹。水瓅躲闪不及,向后一蹿,头顶蹭上门框,立刻肿起一个元宵大的包。

伯郁拿眼盯住文昌:"你,哪天能有个大人模样儿!弄出它去,咱娘也好清净清净！"

偷偷乜斜水瓛一眼，水瓛的脸在红，文昌嘴角儿挤出一丝不易察觉的笑，带伙计出屋去了。

"老二他不高兴啦。"水瓛说。

"毛病，"伯郁说，"管他！"

当晚，伯郁又折腾了大半宿，折腾得大汗淋漓，仍不见动静儿。灯光跳来跳去，照在水瓛热烈的曲线上，柔和的曲线就有了一种潮水般的动感。伯郁想起浪峰上的帆船。他用双手捧住水瓛的下巴颏儿，全身的关节跟着吱吱嘎嘎摇动起来。就在水瓛满心欢喜地准备迎接他的时候，他的耳边再次滚过那惊雷般的巨响，并最终变成一声巨大的爆炸。他从水瓛身上坠落下来。他真想用头使劲儿撞墙或者干脆把自己吊起来狂抽一顿。

水瓛的一半心思飞走了，总觉得外面窗底下有点什么不对劲，就说："快吹了这洋油灯吧。"

伯郁一声断喝："我乐意点着灯，亮堂！"

灯光再次跳动起来。

水瓛在心里叹了口气。

第二天，一大早，陈老太被发现死在自己的棺材里。

崖子后，榆林坡，是块风水宝地，陈老太的坟茔选在那儿。

送殡的队伍几乎是成山崖子的所有乡邻，甚至连福祺的女人也来了。福祺的女人叫香菊。不少人看见香菊拉了水瓛的手，陪着抹眼泪儿。加上看光景凑热闹的光腚后生们，山坡上上下下挤满了人，远远望过去，颇似开着一个盛大的庙会。

一阵噼噼啪啪的鞭炮响过,陈老太的坟头尖起来了,稳稳地俯瞰崖子前面的海。

点燃最后一刀烧纸,伯郁和文昌开始为陈老太安魂。他们一前一后,呜咽着匍匐在地,对着陈老太新起的坟头齐声唱喏:

娘!娘!您老人家睡好——

娘!娘!孩儿逢年过节就过来看您——

娘!娘!孩儿按时过来孝敬您——

水瓀跪倒在两兄弟的旁边,一脸凄怆。

伙计亲文昌,是文昌的影子。水瓀看见伙计转着圈儿啃文昌的裤管,坡上其他的狗也汪汪咬个没完,她不经意地往山下那片长滩上扫了一眼,脸就唰地白成了一张纸。

不知哪个先惊呼起来:"啊——哟,东洋人——来啦!"

这一呼,不亚于一声惊雷,天似乎一下子坍掉了,大地也震动起来。随着隆隆几声炮响,一大批日本兵从崖下边黑蚁般拥来。众人一哄而散,爹娘唤娃子,娃子喊爹娘,你推我搡,争相奔命。有朝山上榆林中跑的,有顺着山坡逃向崖子西边的,也有不顾一切朝北迎着鬼子来的方向往村子里冲的,全乱了套。

福祺跺着脚对大家喊:"别往北走,快上山!"却没有多少人响应。他便抄手夹起他的香菊,招呼上身旁一帮人钻进了榆林。

伯郁叫了文昌,拽了水瓀也跟着跑,过了一道坎儿,一回头不见了文昌,急得伯郁团团转。

日本人的枪啪啪地响,逃向村子的乡亲又被堵了回来,一股脑儿拥到上山的小道上。许多人中弹倒地,哀号声此起彼伏,到处都是奔流如蛇的鲜血。慌乱之中,伯郁和水瓅被挤进一个长满马齿苋和接骨草的山坳,上来五六个鬼子严严实实把他俩围住了。伯郁紧紧攥住水瓅的手,让水瓅躲到自己身后,但很快就有两个鬼子捉住了水瓅,另外三四个鬼子按住了伯郁,伯郁拼力想要挣脱,无奈几个鬼子死死拖着,动弹不得。

　　一个满脸麻子的家伙叽里哇啦地比画了一通什么,鬼子蜂拥而上,剥掉水瓅素白的孝衣,拿刺刀挑断她的白绸子做的腰带。麻脸鬼子淫笑着拦腰抱住水瓅,整颗脑袋都压在了水瓅的嘴巴上。两个鬼子每人拉住她的一条腿,向两边拽,留出中间的位置。

　　伯郁咬牙切齿地狂吼:"老子操你的祖宗,快放开我的女人,别碰她!"伯郁两眼喷火,他看到了那只被摔成碎片的彩釉花瓶,它们飞舞起来,舞作一粒粒火星星儿,灼痛了他的双眸。惊鸟般的水瓅痛苦地挣扎,尖厉地喊叫。她什么都喊,爹呀娘呀天呀地呀伯郁呀文昌呀伙计呀!救我,快来救我呀!蓦然间,伙计如一颗黄色的子弹,从坳口威严地冒出,直扑麻脸鬼子而去!麻脸鬼子被伙计追得乱窜,当伙计狠狠咬住他的脚腕时,却被另一个鬼子抡起枪托打得飞出山坳。兽性大发的麻脸鬼子将水瓅压在了身下。绝望的水瓅急促地叫着伯郁的名字,一遍又一遍。她的声音里渗出了血。

　　伯郁脸涨得赤红赤红,怒目圆睁,吐出一声歇斯底里的山吼,甩脱身边的鬼子,朝前一个猛扑,双手掐住了麻脸鬼子的脖颈,他们顿时在草地上滚作一团。其余的几个鬼子慌了神,哇哇乱叫不止,端着枪刺,围住他们,眼睁睁地看着他们翻来滚去而无从下手。直到最后又挨近水瓛身边的时候，那鬼子抽搐着挣扎，撒开两只手，渐渐僵硬了，伯郁仍掐住他的脖颈不肯松手。鬼子的刺刀雨点一样戳向伯郁，滚烫的鲜血溅到水瓛脸上身上，而她早已昏死过去。

伯郁死了。

他被捅了39刀。

二

伙计从血泊中爬起来，哀哀叫着，摇摇晃晃在成山崖子到处逛。天知道它究竟要找什么。

成山崖子有一股浓浓的焦煳味儿，山墙和照壁统统变成了黑灰色。人们用石灰水把它们统统刷成耀眼的白色，据说这是可以辟邪的。被烧掉的屋顶上则多了一层干苇草和干海草混合而成的新顶子，在阳光下反射出苍白寂寞的光芒，但仍掩盖不了一股浓浓的焦煳味儿。海风吹不去，山雨洗不尽。赶上一场透雨，榆林坡上，淌出的水中常常漂浮着许多绛红色的气泡泡，人一见，脸就白白的，半天无话。即便是看见文昌家的伙计打身边走过，也只是愣愣神而已。毫无疑问，人们还没有从刚刚经历的那场悲剧中完全解脱出来，心重如铅，沉沉的，灰灰的，还有几多麻木。

在一天的末了，晚饭之后，提上一只灯笼，互相串串门，是成山崖子沿袭下来的传统，现在人们用它来排解心中的郁闷。寻一个话题聊开去，一直聊到无话可说为止。当提到文昌一家的时候，都禁不住唉声叹气一番，连声说："可怜啊，可怜啊。"

　　文昌是不串门的。他在等他的伙计。他觉得伙计是他的儿子，可惜老大伯郁不怎么喜欢它，有时候烦急了伯郁会狠狠踹它一脚。爱狗养猫，各有所好，文昌并不在意。说破了天，哥哥还是哥哥，伙计是一条狗，弄得哥哥不乐意了，只能算伙计自个儿倒霉。不过伙计不是一般的狗，它比一般的狗更通人性。它那一对望住你的眼睛，简直像是在跟你递话呢。你对它好不好，这小子心里头贼清楚。如果伯郁活着，假以时日，一定也会喜欢上它的。

　　但是伯郁死了，他身上有39个大血窟窿。文昌想如果不是被一截树桩绊了一跤，也许死的就会是他而不是伯郁。伯郁不该死，伯郁刚刚娶了水瓓，那么好的一个女人。他爬起来后，伯郁和水瓓已经不见了。枪声急迫，他只好随了别人往山上跑。

　　伯郁死得惨呀。

　　文昌自言自语地说："老大，知道吗，伙计天天不回家，是在找你呀！"

　　有一天伙计突然惨叫着逃回家来，叫得都走了大样儿，像瓷器的碎片儿剐在玻璃上似的。文昌很是纳闷儿，奇怪伙计怎么可以这样没个度量，伙计如此不讲体面，这还是头一遭。见了伙计才明白，原来它差点给人宰杀，头上的皮连毛带肉从耳朵开始已经被剥去一大块，血淋淋地耷拉下来。文昌循那点滴闪烁的血踪，到了福祺家门前，才知是福祺干的。他的香菊，肚子大了，想尝一碗新鲜狗肉，伙计恰好蔫头耷脑地闯进了他家天井。

　　"你就想要它的命？！"文昌把眉毛一下子挑得老高，横对着福祺。

"是要它的肉,"福祺瞥一眼比自己小一个号的文昌,毫不在意他的恼怒,自顾自拭去刀把上的血迹,慢悠悠地说,"你们家的老牙狗怕是要疯了呢,杀掉吃肉算啦。"

"喊——你要是能杀人才算是英雄哩!杀我的伙计!"文昌的唾沫星子飞溅起来,"我操你的……"

"得,你先别慌着操谁,"福祺说,"吃了狗肉再杀人岂不更好?到时候请你香菊嫂子给你和水瓛做大媒,你就省得再送我猪头啦。"

文昌大怒:"我要操你姥姥!"

福祺摇摇头:"老二,你不如伯郁远了去了,怕真要委屈人家水瓛了呢。"

文昌吃了亏,窝了一肚子火回来,牙齿嚼得山响。

伙计不顾伤痛,凑过来亲近,不料却被他一脚踢开,指桑骂槐道:"你,自家男人都不在了,还有什么颜面死乞白赖地活着,有血性儿,跳海去吧你!"

屋里的水瓛琢磨着这句话的含义,很快明白过来,觉得这话来得正是时候。跳海?好呀,对了,就去跳海,死个一干二净,这也遂了她的心愿。这些日子,伯郁的影子,总在眼前晃呀晃的,伯郁是个好男人。她注意到伯郁的嘴角有点儿歪,那是他使劲用牙齿咬住嘴唇的缘故,他很有力量。那一夜,水瓛是忘不了的。伯郁像山一样,压在她的身上,压得她喘不过气来。还听见伯郁用牙齿咬住她的耳朵垂儿,轻轻喊了一声"娘"。听得真真切切。他说:"你是俺的小娘。"那时候她就想,伯郁既是自己的男人,又是自己的孩子,更是自己的命,她感到从未体验过的幸福——伯郁真好。

现在伯郁不在了,自己的命都不在了,她还有什么指望呢?她已经把自己交给了伯郁,伯郁也接受了她,她是伯郁的女人,所以必须跟了伯郁走,到伯郁那儿去。

她想到过另外一些死法儿,但都比不上跳海干净利索。在海里喂了鱼,就不会辱没他们陈姓的祖坟了,陈老太的在天之灵也就可以安心了,自己还能因此多多少少被继续活着的人们视作烈女。她想自己确实是一个不洁净的女人啊,与其活着受罪,倒不如一死了之。这世道,她也看得很透,并无半点可留恋之处。

打开后窗户,看崖下的海,觉得那海距离自己从未如此近过,而且如此鲜亮。以前她想海却不能近海,有男人在的时候,女人近海是不吉利的。现在好了,终于有了自己的归宿,就是从前不曾去过的地方。多好呀,她微微有些兴奋,可隐隐听到海的召唤。

掩好了房门,对镜梳理了一番长发,水瓒有些愣神,惊奇于那镜中的人儿何以看上去有些陌生,几乎要辨不出那显得有几分苍老的面容了。

文昌圪蹴在街门口,他一直有这个习惯。陈老太和伯郁都在的时候,文昌饭吃到一半,便会端着碗走到街门口,屁股紧挨着门槛,与他的伙计为伍。现在,圪蹴在街门口的文昌怪异地盯着水瓒走出来,而伙计的目光酷似文昌的目光,竟也是怪怪的。水瓒看了它一眼,欲伸手替它捋捋凌乱的毛发,算是作别,一看它那目光,又止住了。"还是快走吧。"水瓒心里说。

水瓛和文昌，两个人谁也没搭理谁，一切都很平静。

水瓛出了街门，文昌在水瓛身后端平视线，目送一双肉嘟嘟白生生的腿肚儿颤动着离去。

不知怎的，文昌一阵心慌意乱。

水瓛出了门，往山上走去。

山上好个静呢。几日工夫，光景凄凉了不少，生气全无，冷冷清清的，不见活物，感觉好像是一个杀机四伏的阴谋，窝在什么旮旯里，雾一样扩散。在榆林边，水瓛停下来，环顾四周，仿佛有个什么声音在喊她的名字，定定地倾听，却是吓人的静，偶见不认识的鸟羽碎雪似的，扑扑落下，便摇摇头继续走了。

后来猛地意识到，自己鬼使神差地靠近了伯郁遭难的那个山坳。山坳里的马齿苋和接骨草猩红一片，水瓛慌忙折回，上了南山坡。

陈老太静静地躺在这儿。

水瓛在陈老太的坟前痛痛快快哭了个够，当初出殡的时候轮不到她这个做媳妇儿的出头，她只有跟在伯郁两兄弟的后面，顺着两兄弟的节奏释放自己的悲伤。哭够了，然后绕到崖子西侧，小心翼翼走下，找了一块深褐色的巨岩坐了下来。她要在这儿暂且歇息一下，等待成山崖子出海的船陆续抵岸。所有的船都在崖子东侧下锚，那边没有西侧那么多奇形怪状的岩石和连成片的暗礁，且背风、开阔。站在东侧海岸，一只海猫子也能看得见。水瓛可不愿意给谁瞧见，免得生出许多麻烦。她要一个人走，去追伯郁，去完成自己的命。

可怜的男人，活活给他们捅死了……愿老天爷加倍惩罚那群野兽！

当成山崖子的房屋渐次模糊成一片湿漉漉的轮廓，巨岩也一寸寸淹没在水中，她就知道那潮涨起来了。风，自海上硬硬地吹来，直直地吹来，千朵万朵浪花儿，梦一样重叠着、跳跃着滔滔而至，抢在水头的小梭鱼儿欢快地在浪花儿中闪现，那股子欢实劲儿，真好像它们的世界只有天堂似的。水瓃看得出了神，过了很久才发觉潮水已经齐腰深了。暮色渐浓，空气凉下来，海水也跟着变凉了，那凉意裹成一团团的从脚底升腾，她打了一个寒噤。鲜腥的潮水奔腾着旋转着往上蹿，她感到身体越来越飘，两条腿越来越不听使唤了。看似一朵不大的浪头，打到身上时却像一只碌碡一样雄浑有力，难以阻挡。衣裳则涩如铁皮，紧箍在身上。她让身体斜躺，以为这样便可快些被卷走，不想结结实实地呛了一鼻子咸水，大声咳嗽着刚把海水咳出，又有一个浪头就跟着打过来，又连灌几口水，胸腔像要炸开。

她扑腾着浮出水面，看见一条船正冲这边黢黑地划来。

是文昌。

"文昌不该这样的，"她想，"谁叫他来的？来干什么？不是一切都说定了吗？"

但是可恶的文昌，不容分说拽她上了船。

"你这是干什么，老二！"

"舍不得你死，嫂子，咱回去吧。"

"让我去死好了，我不怪你，这是命。"

"我寻思好了,你不能死。"

"我不想活了。"

"我要你跟我过。"

"疯了吧你,我是你亲嫂子!"

"哥哥他已经死了。"

"他死了我也是你亲嫂子。"

"日后我来养活你,你什么也不用干,白天照顾屋里头,夜里咱俩睡一个炕头。"

"混账东西,不怕人家唾你?"

"这王八世道,能活人就不错了,谁还管那么多。"

"我不乐意。"

"听我的。"

"我宁可死,你这个天杀的。"

"你死不成的,我不能让你死。"

叔嫂同在一个屋檐下过了一段日子,倒也相安无事。成山崖子的人们提着灯笼把这个话题咀嚼了一千遍后,就慢慢丢在串门儿的小路上了。老陈家家门不幸,水瓃命也不济,以嫂事叔,世道使然,虽于理不容,于情不合,乱世之计,岂有别论?若事必法理,又如何维系?洋人来了,不一样肝脑涂地吗?偏偏成山崖子常有风大浪急时,两个人互相拉扯,兴许就能熬下去。这世道。

于是,成山崖子就像当年容纳了福祺和香菊一样,不知不觉间也容纳了文昌和水瓃。

水瓃见自己担心的事并未发生,便开始给文昌洗衣煮饭,有时也出门赶集买些日常用的东西回来，偶尔也回一趟娘家住几天。文昌则带了伙计上船。文昌的海上把式不错，回回空不了舱。他经常给水瓛逮几只火燎蟹什么的，放锅里一蒸赤红赤红，牵一根绳挂在墙上，满屋子生彩，水瓛很是喜欢。

如果不是后来发生了一连串令人心碎的事件，他们的生活必定是另外一番光景。

水瓛感到身子不方便的时候，天已经颇有些寒意了。水瓛正把文昌昨晚摸黑儿打来的鲅鱼交给外乡来的鱼贩子。听鱼贩子说，有人在荣成县城见到过东洋人大摇大摆地满街开铺做生意，水瓛就止不住一阵翻肠搅肚的恶心。

此后数日一直如此。意识到自己的肚子里怀上了该死的野种儿，她的呼吸几乎停止，又急又怕，感到浑身炽热，喉咙堵塞。托了鱼贩子四处问药，想把那孽子悄悄除掉。

可恨那不争气的肚皮，硬是一天大似一天了。

"你犯不着那么折腾自己，"文昌有一天冷不丁冲她撂来这么一句，"先把这个×杂种生下来再说，反正是，到时候也便宜不了他。"

水瓛愕然张大了嘴巴："老二，你瞎说些什么……"

"老大他压根儿就不行！"文昌悻悻地说。

水瓛半天才明白过来这话的意思，一下子绯红了脸，说："窗底下……果然是你？"

"我就是欢喜你！"文昌回过头，一把抱起水瓛，掼上了炕。

隆冬时节，刀子般锋利的朔风一过，吹白了长长的海滩，吹白了长长的成山崖子,吹白了长长的榆树坡。

孽胎生下来,还是个带把儿的,一落地就惨兮兮地哭个没完,不舍昼夜,边哭边四爪儿乱踢乱扑,就跟知道自己命不济似的。

水瓕怔怔地瞅住他,一时手足无措。他遍体通红,像只大胡萝卜,脑门上横七竖八的皱纹又使他看上去像个小老头。哭起来,那些皱纹都一张一合的,在数九腊月苍劲的朔风中显得格外凄惨、可怜巴巴和不堪一击。就这样一条小生命。原来人都是这样开始的。这时候人是多么弱小啊,任何微不足道哪怕是轻若柔丝的打击,对他来说都有可能是致命的,而他不但无力自卫、无力抗争,更无力逃避。人生是如此艰险。人生是如此残酷。本来她也可以奶大他,像一个母亲对自己的骨肉那样,给他以保护,让他活下去,一点点长大,长成人,可是她却不能够。孩子不是伯郁的血脉,他只是一个野种,一个孽胎,一个不该出世的人,他的命比一条毛毛虫还要贱,因此他只能是死路一条。"有什么办法呢,去死吧,早死早托生,你犯不着恨谁怨谁。"水瓕心里说。

其实,在这个时刻来临之前,水瓕曾经反复想象过他的结局。她曾一直以为自己会十分厌恶这个生命,甚至看都不愿看一眼就会果决地将他丢掉,但是说不出为何,现在她却在犹豫,她为此感到不安,而文昌早已等得不耐烦了。

水瓕把人小心翼翼地放进一只洗衣用的木盆,捂上一件破棉袄,交给文昌,好让他丢到岸边。这是一种融合了诅咒与祝福的古老仪式,如果这崽儿命硬,就会给不知名的人抱走,从而讨得一条生路;要不,就会被冻成一坨冰,那就是天意要收他去,任谁也无可奈何。

　　天上飘起榆钱儿大的雪花，纷纷扬扬盖严了天井，水瓒心头不由得一阵阵揪紧。这样下去，不消几个时辰，那苦命的孩子就要给大雪压住，没人能发现他，他将窒息而死。待到雪化或更早些，他的小尸首将被野狗撕成碎片片儿，也许连一根完整的骨头都甭想剩下。水瓒似乎听到那小生命绝望无助的啼哭，这哭声虫子一样咬噬她的心肝，此刻她的双乳开始鼓胀得难以忍受，益发使她领悟到自己正是那孽种的亲娘。她下意识地往天井里瞟了一眼，文昌的那条残狗不见了。她在嗓子眼里叫了声，不顾死活地冲出门去……

　　结果又把孩子连同木盆端了回来。

　　孩子已是气若游丝、奄奄一息。水瓒解开衣裳，暖他在怀，同时将乳头塞进那冰冷的小嘴巴里。小崽子含着乳头，止住了哭泣，贪婪地吮吸起来。

　　虎着脸的文昌甩门而去，咣的一声，乳头从孩子嘴里震出，孩子一下子又哭成一个泪人儿。

　　翻来覆去想了一整夜，水瓒给这贱坯子起了一个名字——崽子。

　　此后，文昌也叫他崽子。

　　崽子留在了老陈家。

　　一个少有的暖和日子，文昌胳肢窝里夹了把剪刀，抱起崽子，领了伙计，也不知去哪儿遛了一圈，回来时崽子的两条小细腿淌满了血，气也哭岔了。

　　他把崽子的两只睾丸生生铰掉了。

"你到底把他怎么了？"水瓛说。

"就是骗了他，省得他狗日的长大了再糟践人！"文昌说。

"你为什么不杀了他！"水瓛喊道。

"留着，要当个牲口使唤。"文昌说。

"那俩蛋子哩？"水瓛说。

"早喂了伙计啦。"文昌说。

"得叫它再吐出来。"水瓛说。

"什么，你想杀了它！"文昌叫道。

"没错儿，你得杀了它。"水瓛说。

"伙计跟了我九年啦——九年！知道吗？你让我杀了它！"文昌又叫。

"可我生下了崽子，"水瓛说，"崽子是我身上掉下来的肉。"

"你疯了。"文昌说。

"老二你非得杀了它。"水瓛说。

文昌满脸惶惑地望着水瓛。水瓛蜡黄的脸上有股说一不二的刚气，文昌分外震惊，情不自禁脱口叫道："嫂子——"

"不要叫我嫂子。"水瓛说。

清早，水瓛发现文昌披了棉袄，圪蹴在门槛上抽闷烟。伙计被挤死在门缝里。文昌把门打开一道缝，唤伙计探出头，然后猛不丁一带门，就完事了。文昌的眼睛又红又肿，裤子上落满烟灰。伙计死不瞑目，似乎还在惊诧地看着文昌，不明白它的主人何以如此狠心，它的鼻子里流出血血水水的液体，往下坠成一条猩红色的冰线。

水瓛找来铁锹,在天井唯一的一株樗树下挖了个碌碡大的深坑,把伙计埋了进去。

文昌始终未挪窝,木呆呆的。

三

崽子命硬,居然活了下来。

文昌没有好气,叫他铺了干海草睡在厢屋里。厢屋里挂着渔网,吊着些陈年的鱼干、蟹干、海带干,老鼠闹得凶,正好需要看守。崽子虽不能逮老鼠,睡进去,却可以镇一镇它们。文昌想老鼠们见了比自己不知要大多少倍的崽子总会有所收敛。但事实表明崽子与鼠辈们互不相干,他困他的觉,老鼠们则如入无人之境,大嚼其鱼,大咬其网,欢畅无比。文昌奇怪崽子怎么没给老鼠啃了。

转眼间崽子却会叫人了。用细嫩的嗓音喊水瓛娘,喊文昌叔。

文昌堆起脖颈上的青筋吼:"谁是你叔,老子是你祖宗!"

崽子就喊:"祖宗!"

文昌啪地甩去一记耳光:"闭嘴吧你,不许你穷叫唤!"

水瓛的眼圈儿跟着红了,后悔当初不该又捡他回来。文昌从来拿他不当人,她是争不来什么的,她做不了文昌的主,这个家是文昌的。能恨文昌吗?想想文昌也没有什么错,他是忘不了伯郁之死的,而崽子又是那日本人的种儿。水瓛想,她也不是没那记性儿,日本鬼子害苦了她,夺走了她的丈夫,糟蹋了她,让她生不如死。这些畜生,她死也忘不掉,即使死后做了鬼,这笔血债也得好生记着。有时候她真恨不得搬起一块石头给崽子两下，把他治死了事。她着实心里冒火呢！可是崽子一走到跟前，就又撒了气，就想这好歹也是一条命啊，这条命是她给的，这孩子不易啊！孩子有什么过错吗？他唯一的错就是不该来到这个世界上，可他懂什么呀，他的亲叔——文昌活脱脱地毁了他，差不多只给他留了一口气，除了一口气还有什么呢？苦命的崽子，到他懂事的那一天，说不定就会因此而痛苦欲绝，他会自己了断自己的。

如果伯郁他还活着，会对崽子怎样呢？他会要崽子的命吗？

想起了伯郁，水瓛泪水涟涟，肝胆欲裂。多好的人，说没就没了，而且死得那么惨……水瓛心里祈祷一家人这么平平安安地过下去吧，贵贱祸福都不去管它，只要把日子过到头、过得顺，就是万幸了。

崽子一边抹眼泪，个儿一边疯长，很快齐到文昌的肚脐眼了。

文昌开始带他出海，一个撒网，一个从网上摘鱼。不久，两个人可以轮流着使网了。常常是文昌坐在船头抽着烟，把一些需要出力气的活路交给崽子，他感觉轻松了许多。

只是崽子一行一动文昌都看不惯，或者看了令他心烦。福祺的儿子就不一样，他们爷儿俩配合得那才真叫熨帖，福祺常把儿子挂在嘴边，夸香菊给他生了个好儿子。福祺和香菊的儿子叫午生，顾名思义就是晌午头生的，个头儿酷似他的瘸爹，却像株梧桐树一样立在船头，随福祺喊号子。号子一起呀，那鱼就网进了舱。等鱼的工夫，福祺左一声儿子，午生右一声爹，叫得别提有多来劲了。而崽子则像个哑巴，除了干活吃饭睡觉，似乎对什么都不感兴趣。活路也不漂亮，不是碍手碍脚，就是丢三落四，上船前让他想着带两把网抄子，捞鱼的时候一人一把，他也分明是答应好了的，临末了非得少带一把不可。你说他一句，他就冲你瞪着那双死鱼眼，半天才会眨巴一下。

所以文昌早晨一看见崽子懒洋洋地从厢屋出来，气儿就不顺，就十分懊悔自己当初不利索，没狠下心来掐死这个狗日的。现在眼睁睁看他往大里长，往壮里赶，一点办法都没有。那一回在石岛北侧等鲅鱼，空耗了一头晌也没见一条鱼影子，文昌闷得不行，索性枕着船帮睡了个阴阳觉。谁曾想到狗日的崽子居然也学着他的模样打起盹来，结果网罟子被大群的鲅鱼撑烂乎了还浑然不知，人家瘸福祺和他的儿子午生却稳稳逮了个溜溜一海舱。文昌望着鱼群摇船尾追，命崽子伺机使旋网补救。崽子也不搭腔，僵硬地直接将网旋到文昌身上去，差点没把他旋进海里。海上船多人多，文昌不便拿崽子怎么样，上岸后气却没下去，回了家捞起一截木棍就要修整他一番。他立刻猴子般蹦到水瓤身后，装起熊来。

水瓤说："要打就打我吧，崽子他还是个孩子，不懂事儿。"

文昌说："都叫你给惯坏了！他都要反了天了！"

水瓤说："有我呢，怎么会。"

更令文昌难以忍受的是，他发现水瓤待他越来越冷淡，越来越生分了。说不清从哪天起，一到下晚把房门从里一闩，成心不让沾边儿。三十七八的文昌每到夜半就感到那久被压抑的忧愁汹汹涌起，令他辗转难眠，苦不堪言。

他要与水瓤同衾共被，朝夕不分。

水瓤却说："崽子一天大似一天了，咱们好歹也算是当长辈的，不能再那样儿了。"

文昌说："什么话，他，算老几！"

水瓛说："他好歹也算个人吧，都这么大了，该知道的都知道了。"

文昌说："哼，他，也算个人！"

水瓛说："老二，依我看你就别再拖了，快娶个媳妇吧，你点个头，俺来给你张罗，老这么下去也不是个事儿呀。"

文昌说："成山崖子谁不知道咱俩那一档子的事儿？你还在乎什么？娶媳妇？要娶哪门子的媳妇？趁早别费那个心，旁人我谁也不要，我就要你。"

水瓛说："你强那样儿，我心里不好受。"

文昌照准水瓛腰眼，抬腿就是一脚，横眉立目地骂："你这个没心没肺的臭女人，我叫你心里不好受！哼，现在好受了是吧！别以为我管不了你，你听明白，你活是俺们陈家的媳妇，死是俺们陈家的鬼！老大死了，你就是俺的人！"

水瓛经不起文昌这一脚，哎哟一声倒下去。文昌就势把她抱起，按在炕上，稀里哗啦就撕开水瓛的衣裳，一手拽一只乳房，一边使劲攥住，一边劈开水瓛的双腿，嘴里嚷嚷着："你不是一到下晚就会闩门嘛，那咱们就白日价干！"

水瓛把脸别向一边，好让泪水静静流下。

窗户咚咚地响起来，崽子在外面铆足了劲喊："娘，娘！街上来了个染匠，快去染个褂子吧！"

"唉——娘这就来啦！"水瓛朗声应道。

街上果然传来拨浪鼓的声音。

文昌气得不行，骂完了水瓛骂染匠，骂完了染匠骂崽子。

文昌认定崽子是个丧门星。

这天潮水小，船下不去，成山崖子的几十个后生在浅水滩上挖蛤蜊。浅水滩上蛤蜊多的是，有白口儿、乌丁和花蛤蜊等几种，都是很小的，放水里一煮，仅剩下指尖儿大小的肉，吃不过瘾。过瘾的是大蛤蜊，成山崖子的人都这么叫。实际上大蛤蜊是一种专门生长在深滩上的文蛤，个儿大肉美，剁成丁可以做汤，吃一顿嘴里头要鲜半月的。所以挖蛤蜊，最诱人的是去挖大蛤蜊。挖大蛤蜊，得跟着潮水往下走好几里才能够得着，大伙呼啦啦追着赶着往下去了。

崽子素不合群，一个人拖条网兜待在原地挖。下去的人没找对地方，挖不到大蛤蜊，又呼啦啦追着赶着全上来了。福祺的宝贝儿子午生，趁崽子不注意，悄悄绕到他身后，猛地褪下他的裤衩，崽子胯下那残缺玩意儿一下子暴露在阳光下，引来一阵满足的、肆无忌惮的笑声。

午生逞能，拍着巴掌叫："快来看呀，快来看呀，没有蛋子的狗崽子！没有蛋子的狗崽子！"

崽子也不言语，慢吞吞提上裤衩，然后半蹲在铁叉上，昂着下巴，冷冷地瞅午生。众人觉得无趣，各忙各的去了。午生也以为事情已经过去，便不再理会崽子。就在这时，崽子一丢网兜，毫不客气地抡起手中的铁叉，直冲午生扑来。午生哪里见过这架势，惊得拔腿便走。崽子红了眼地死追，不大工夫竟把午生掀翻，用脚跐出一个碗大的坑，摁住他的脑袋在咸水中呛了个半死，这还不够，又掏出那没睾丸的家伙往午生嘴巴里屙了一泡尿，说是替他洗洗口臭，最后逼着比自己早出生三个月的午生承认自己是婊子养的。

傍晚，哭肿了眼的香菊领了儿子骂上门来，在大庭广众面前从老陈家的旧疮疤上往下揭皮，把老陈家说得像个贼窝，如今贼窝里全剩下人渣渣儿了。

文昌的嘴巴都给气歪了，拧着眉头对崽子说："走，跟我出去一趟。"

闯了祸的崽子深知此劫难逃，也不躲避，默默看了水瓒一眼，低着头跟文昌出了门。

水瓒知道他们八成上了榆林坡。

文昌带着崽子转了一圈儿又一圈儿，终于在一株老黑桦下站住了。

文昌说："把衣裳脱掉。"

崽子说："脱衣裳干什么？"

文昌说："别问那么多，到时候你就知道了。"

崽子说："你不说，我不脱。"

文昌说："你不脱，待会儿衣裳烂了，别怪老子事先没提醒儿。"

崽子说："你要打杀我吗？"

文昌说："我叫你脱衣裳。"

崽子说："你打杀我，娘会心疼死的。"

文昌说："你少废话！"

崽子说:"那不是我的错,午生他不拿人家当人!"

文昌说:"谁说你是人呀,你不如一条狗!你杀了伙计,你又要杀人了,你这狼心狗肺的崽子!"

崽子说:"我没有要杀人,我没有要杀人!"

文昌说:"你也有知道害怕的时候!"

崽子被光溜溜地吊了起来。文昌瞥见他腋下和两条大腿之间长出了黑乎乎的体毛,看来如若给他好好活下去,他会长得像叫驴一样强壮,这简直令文昌难以忍受。更令文昌难以忍受的是,崽子居然没有任何要反抗的意思,手指粗的荆条一连抽劈七根,崽子的胸前背后被抽得皮开肉绽,面目全非,这狗日的居然一个告饶的屁也不放,一滴眼泪也不掉,一双死鱼眼里充满仇恨。文昌感到后脊梁一阵阵倒抽冷气。他扔下一句"你这死不了的崽子",就一个人下了山。

后来当水瓤上山找到崽子时,崽子已经不省人事。水瓤把浑身是血的崽子从黑桦树上放下来,抱在怀里哭了个昏天黑地。

"你没人味儿。"见了文昌,水瓤冷冷地说。

文昌摇摇晃晃地站起,走到水瓤眼前,欲说什么,却扑通一声摔倒在地,然后哇哇吐得满屋子酒气。

崽子毕竟命硬,在厢屋里躺了几天,身体就恢复得差不多了,但因为天热,伤口深的地方眼看着要化脓。水瓤问文昌怎么办,文昌说到咸水里一泡保管好得痛快,于是崽子又开始同文昌上船。

到了海上,文昌对崽子说:"这两天你可以什么也不用干,只管下海洗澡,看见你身上那副长虫皮样儿,我恶心。"

崽子往海水里一跳，伤口被浸得钻心地疼，但他知道这是疗伤唯一的好办法，所以只有咬紧牙关，在水中慢慢扑腾。过了一会儿，渐渐不觉得疼了，一种麻酥酥的感觉传遍全身。崽子想，如果自己能变成一条鱼该多好啊！自由自在地遨游在大海，那该多么快乐！遗憾的是他不是鱼，他之所以活着，就是为了吃苦、忍气吞声和受人欺侮。文昌就是第一个欺侮他的人，他从心里恨透了文昌，觉得文昌说不上哪一天就会要他的命。他不是没有想到过要反抗，可是他不能够，他的大腿还不及文昌的胳膊粗，文昌只需伸出一个手指头，就足以使他跌倒爬不起，而且文昌几乎时刻都要紧盯着他，准备找他的茬儿呢。

崽子心想他总有长大的那一天，文昌也总有老朽的那一天。

他期盼那一天早日到来。

崽子活着，还有另外一个原因，那就是为了娘。为了娘也不能不活下去。在他心目中，娘是唯一的亲人和牵挂，他若死了，娘怎么办呢？谁为娘养老送终？文昌是不能指望的，文昌只会惹娘生气，他是不会给娘一个好心情的。娘最疼的人是崽子，崽子是她的儿子，这就是说，无论如何，崽子也要做个孝顺的儿子，实在做不成儿子，做牛做马也心甘情愿。这条命是娘给的，只要他有一口气，就要为娘而活。如果说崽子有什么害怕的事，那就是怕娘流泪，娘的泪水会使他失去主张，也会使他心碎。他一向对文昌逆来顺受，不抗不争，并非意味着自己多么怕他，而是不忍看到娘哭泣。文昌的横行跋扈，已经使娘够难过的了，一旦他再与文昌针尖对麦芒地顶将起来，想必娘的心里会更加痛苦。何况他再怎么仇恨,也不能把文昌怎么样,现在不能,只怕日后也不能。文昌虽对他过分了些,却毕竟是老陈家的主人,娘似乎也是疼顾他的,他们多么像一家人啊!

对于自己的身世,崽子心中充满了痛苦。当娘断断续续地将甲午年的事情讲给他时,他简直惊呆了,他无法相信,也不敢接受这个事实。他居然是强盗的后代!他居然是侵略者的后代!他居然是弑父凶手的后代!十几岁的他还不知道什么叫作痛不欲生,更不懂什么叫作家仇国恨,但是他却突然觉得自己一下子矮了下去,一下子堕入万丈深渊,觉得自己什么也没有,什么都不是了。

崽子想:"文昌那话说得对,我还不如一条狗。"

然而更多的则是寄人篱下的苍凉感。文昌的歧视使他生出无心的悲哀,他发觉自己不仅不如一条狗,而且像一匹牲口那样被奴役着,从身体到心灵,都被文昌(甚至还有午生他们)切满了伤口,还要一次次地往伤口上挥撒盐末,这就差不多等于在腌制一条鲅鱼。崽子让泪水流进肚里,默默无语地承受着这一切,直到看懂娘的眼泪。娘的眼泪使他意识到自己或许从一开始就不应该被视为一个孽种,因为他完全可以只是娘的儿子。是的,他根本不是什么日本人的后代,他是娘生下来的亲儿子,他不知道除了娘之外自己还有什么另外的亲人了!他没——有——爹!他只——是——娘——的——儿——子!

崽子泪流满面,兴高采烈地跑到水瓒眼前,激动地喊道:"娘,我是你的儿啊!"

水瓒说:"傻孩子,你当然是我的儿。"

崽子又叫:"娘!娘!娘!"

水瓓说:"孩子,今天你这是怎么啦?"

崽子说:"娘,我是你的儿啊!"

水瓓说:"孩子……"

崽子说:"我不是狗杂种呀!——娘!"

水瓓放声大哭:"孩子,我的儿——"

崽子明显感到文昌对他容忍了许多。他身上的伤痛在透明的海水中变得分外清凉,文昌映在水面的倒影不仅不让人感到凶恶,而且被一群白嫩的小梭鱼渲染成一种很亲切、很富人情味儿的形状。这使崽子很意外,他忍不住抬头往船上看去,却见文昌下巴颏上长出了灰不溜丢的胡须。

四

日子到了民国二十七年,也就是崽子长到39岁的时候,成山崖子做梦也想不到又要遭遇凶恶的日本强盗。农历六月十九日,一场小雨之后,全村所有的船都在海上围捕一大群漂亮的寨花儿鱼。已经进入第三天了,渔事依然很盛,家家户户喜气洋洋,把那些秤足二斤的批发给鱼贩子,不足二斤的自家穿起来阴干,留待冬用。所有的天井里、屋檐下都挂满了一串串银晃晃的寨花儿鱼,景象如同新版的年画。

追近黄昏,寨花儿鱼的香味从油锅里溢出,追着炊烟四处飘散,飘到海上,就引得船头的汉子们心旌摇荡,认真地想起女人烛光灯影下的千般妩媚、万般温柔，船就一条接一条往回返。

文昌和崽子的船走得迟一些。并非由于别的什么，而是由于文昌拿不准自己是否真的嗅到了另一群寨花儿鱼的味道，所以打定主意再等等看。崽子对文昌的感觉深信不疑，多少年的经验使他有理由信任文昌的感觉。文昌说今日要刮风，今日便会刮风；说今日刮大风，今日便会起大风。他甚至用不着抬起头来往天上瞥一眼，就可以准确地讲出天的模样儿。天在他心里盛着。早晨一觉醒来，文昌脸还没有洗完，就会说出今日潮水的涨幅。去看看，果然不错。海也在他心里盛着。崽子不知道父亲——那死去的伯郁，是否也与文昌有着同样的本事，但是他觉得既然文昌那样尊敬他，伯郁又是老大，论本事他就一定不比文昌差，崽子从心底深处希望伯郁强过文昌，因为自己是伯郁的儿子。娘已经说得很清楚，他就是伯郁的儿子。所以如果伯郁比文昌强，那么作为人子，他自己有一天也会变成一个有本事的人。

文昌站在船上，一边捋着翘起来的胡须，一边定定地瞅着前方，然后眯细起眼睛点点头，开始自言自语。这时候多半会有一网或者两网鱼正往此处蜂拥而来。现在崽子也有了这种感觉。也许头顶飞翔的海鸥，也许远方一朵机灵的浪花，或者别的什么征兆，给人一种悸动、一种震颤，似乎刹那间降临了，且挥之不去。崽子相信文昌的感觉与他的感觉是一样的，虽然文昌至今仍不肯多搭理他。约莫过了一袋烟的工夫，它们果然出现了，恣得崽子冲文昌嘿了一声。

崽子一年到头说不了几句话，文昌早把他当成了半个哑巴。

这样不错,省得互相烦气。崽子长到文昌原来的年纪,文昌已经很显出老模样了,除了精神不比当年,体力也是江河日下了,稍微动弹得大发了劲,就得坐下抽半天烟,因此凡事大都靠崽子。崽子成了真正的"船老大"。文昌指挥崽子,崽子默默接受,从不争辩。文昌干不了的活儿,只要他在场,都会主动去加把劲,从不偷懒,文昌说不出崽子的不是来。唯独不让文昌对水瓓红脸,那样他会一连几日拒绝上船,那股倔劲,横里横气的,赛过一根长梁,扭不过来,文昌也就没了辙。不过要赶上浪大风急,少了崽子是不行的。

再有一桩,就是崽子不愿听文昌当他的面提起女人和孩子,否则他会立刻撂下手中的营生。文昌明白这其中的道道儿,崽子是个废人,看到午生他们都一个紧撵一个地有了自己的老婆孩子,他心里能有好滋味儿吗?倒是会突然莫名其妙地暴跳如雷,用两只死鱼眼恶毒地盯着文昌,盯上半日,然后悻悻地趸到一角,抓头恸哭。这时候文昌也不去搭理他,坐下掏出荷包点袋烟,慢慢消受。

崽子回头看到文昌的背影,一股无名火在胸中猛烈燃烧。他把自己的手指关节捏得咔吧咔吧乱响,一个想象出来的景观使他周身的血沸腾起来:他看到文昌被他左右开弓打入海中,爬上来后又被踢得遍地翻滚。

崽子被这个想象激动得面红耳赤。

前不久,成山崖子发生了一件极为蹊跷的事,而且与午生的媳妇儿有关。

午生的媳妇儿是个极水灵极标致的女人，与午生结婚不到仨月，便生下一个七八斤重的小午生，而且当着福祺的面就敢敞怀给小午生喂奶吃。白花花儿的两朵大奶子，轮流照在白花花儿的胡子上。街头巷尾议论纷纷。

当年，午生的媳妇儿是要饭要到福祺家的。福祺和香菊一合计，就把她留下了。

过了大约有半年的样子，人已经变了几变，从一个面黄肌瘦的黑丫头变成了一个俊俏丰润的好姑娘，直惹得村里的后生们抓耳挠腮，浑身燥热，有事没事就过来串串门，趁人不注意就朝姑娘鼓囊囊的胸部摸上一把。姑娘也不恼，扭身躲开而已。午生倒是觉得没什么，香菊却沉不住气了，张罗着给午生办喜事，省得让别人占了好处。

午生说："哪能啊。"说完了就古怪地笑笑，忙自己的事去了。

直到姑娘做了午生的媳妇儿，并且肚子像气球一样急速地凸起来的时候，香菊才恍然大悟，心想真是一代更比一代强啊，为娘的还在这边瞎担心，那边儿子就已经把种子下好了，真是好把式。

每天晚饭后，成山崖子的男人和女人们就会不约而同地谈起午生的媳妇儿，兴之所至，谈罢午生的媳妇儿，也常常扯进福祺和香菊来，少不了铺陈些上梁不正下梁歪之类的议论。不过议论归议论，人们还是能看到午生的女人当着公爹的面给孩子喂奶，所以人们就有些灰心丧气，觉得如此咸吃萝卜淡操心很是无聊。后来午生不满周岁的儿子患破伤风一朝死去，人们才重新提起对午生的女人的兴趣，都想看看她的情绪如何，她是不是很悲伤很凄婉,甚至是不是要寻死觅活什么的,结果大大出乎人们的意料。虽然她几乎天天都要到榆林坡看儿子的小坟包,但她并没有像人们所预期的那样涕泗横流、衣衫凌乱,却是梳妆齐整、体态安然,没有表现出作为一个母亲所应有的悲伤,走路的脚步当然也显轻盈了一些。有消息说,她和午生准备年内再养一个孩子。

嘁,天底下竟有如此女人!

蹊跷的事情发生在午后。午生的女人披头散发地从榆林坡上跑下来。奔跑的姿势是丧魂落魄的,疯也似的,身上紧要之处大部分赤裸着,仅存的几缕破布片儿象征性地遮在羞处,光着脚,前胸后背的清晰地听到了那尖厉的喊叫:"鬼!鬼!鬼!"

人们很快便得知,这个可怜的女人在榆林坡遭到一个身强力壮、脸上涂满了泥巴的莽汉的袭击。那莽汉像摆弄一只兔子一样摆弄她的身体,用牙齿啃痛她的乳头,用手指抚摸她的大腿,然后举荆条往她身上乱抽一气……

真是不可思议!全成山崖子议论纷纷,揣测山上来了什么野土匪。午生招呼上几十号人把榆林坡内外搜索三遍,打死五匹狼,吓跑了一只铁狸子。

此时的老陈家,崽子拎一桶冷水,把自己关在厢屋里,头浸进水里浸了多半天,浑身都凉透了。他湿漉漉地靠在炕上,喘着粗气,感到四肢乏力。晚上有梦,梦见自己身着红袍,娶媳妇,入洞房,几多桌好菜,几多壶好酒,鞭炮也燃起几多,漂漂亮亮,热热闹闹。

海上的船影渐渐稀少。夕阳滑落在成山崖子上面一尺多高的地方。再有个把钟头，这一天就算过去了。

崽子和文昌是在捕到三四百斤寨花儿鱼之后才开始往回返的，他们一路上期待着这批鱼能卖出个好价钱，船已破旧不堪，他们需要另做一条新船了。但他们的船靠岸时，却不见一个鱼贩子。照理说，那些鱼贩子，不等到成山崖子的最后一条船上来是不会离开的，他们得仰仗这些船来生金生银、养家糊口呢。更为奇怪的是，那周围的空气，除了鱼腥之外，似乎弥漫开另一种令人不安的腥气，这腥气不论是崽子还是文昌都感觉到了。他们面面相觑了一会儿，分别从对方脸上读出了惶恐和震惊。毫无疑问，成山崖子又有非常之事发生啦。

文昌将缆绳随便朝崽子怀里一塞，一个人抢先奔上岸来，尚未站稳，就远远看见从崖上跌跌撞撞地跑来了水瓛，水瓛一边跑一边叫着文昌和崽子的名字。

五

日本人占了天尽头，洗劫了成山崖子。上百个鬼子兵用枪刺把全村老幼一个不落地赶到榆林坡，硬说有人参加过理琪的抗日军，因此需要把人集中起来验证一下，看看谁是打过仗的。福祺以为自己会被验出，心里做着必死的准备，神色很是悲壮。几十年过去，终究还是没有摆脱掉这些魔鬼。他们端着杀人害命的武器，站在榆林坡上，俨然这里的君王。福祺心想："我死之前，但愿能亲手掐死他们一个来垫背才好。"

鬼子却不注意他,只将身强力壮的男人一个个拉出去。午生是第一个被拉出去的。鬼子试图反绑他的双手,他飞起一脚将鬼子踢翻,拔腿就往林中跑,鬼子从后面一枪把他击倒,放了狼狗拖回。他被反剪了双手捆到一株大树上,鬼子嗷嗷叫了一阵,唤来一条狼狗。那狼狗摇头摆尾地打量了午生一番,然后忽地冲上来猛地撕开他的肚皮,花花绿绿的肠子一下子流出来,冒着热气。狼狗跳起,扒出他的肝脏,眨着眼呼呼吞吃下去。午生不成腔调地哭喊了几声,但很快安静了,脑袋无力地垂下来,鲜血从肚腔里成块地涌出,顺着裤裆向下汪了一大摊。鬼子生起篝火,从午生胸部切下一块肉,以刺刀挑着烤起来。

有个女人尖叫着冲出人群,朝着牵狼狗的鬼子扑去,结果立即被打断腿,绵软无力地趴在地上。

鬼子拽住她的头发,像拖一截木头那样拖到一边,人们才看清那是午生媳妇儿,她的肚皮微微有些凸,想必是又怀上了孩子。

他们把她的两只脚拴住,叉开倒悬在树枝上,从肚脐眼的地方一刀下来,内脏顿时流了出来,最后从两腿之间劈开,一个人顿时变成了两半。

福祺痛苦地闭上眼睛。突然感到不对劲。一睁眼,香菊口吐白沫,一只手按住胸口,一只手无端地舞动了几下,软绵绵地跌倒在地,气绝身亡。

这当儿,不知谁带头喊了一声:"妈的,跟他们拼了算啦!"

人群立刻像地震一样抖动起来。

鬼子的机枪恐怖地冒出火苗儿,成山崖子的男儿一排排倒下了。

一下子死了69口人。鲜血染红了山坡。午生的脑袋被鬼子割下，装进一只网兜。后来有人在县城城门外边的一根电线杆上见到了它，鬼子贴告示说，那是抗日军的头颅。

凄厉的山坡上哭声四起，混杂了男人、女人、老人和孩子的哀号，汇成山下多灾多难的海涛，拍打血色的黄昏。

这天夜里，一个同时失去两个儿子的白发母亲承受不住如此沉重的打击，跑到村东头的老龙王庙前，一头扎进井里。第二天被捞上来的时候，鼻子里冒出两股污血，双目圆睁。

崽子站在天井中央自言自语地说："这样也罢，一死百了，活着，罪是遭不完的。"

一听这话，文昌像给蝎子蜇了屁眼儿一样蹦起来，指着崽子的鼻子："你再说一遍。"

崽子说："这年头，活着没劲儿。"

文昌一把抓住崽子的袄领，下巴颏上的胡子呼呼颤悠起来，骂道："该死的！野杂种！你还挺会说风凉话哪！你怎不死给爷爷我瞧瞧！"一松手，捏成拳，劈头盖脸朝崽子打来，预备打过去叫他永远变成哑巴，却破天荒遇到了来自崽子强有力的反抗。事实上崽子没怎么使劲就把挥拳者摔了个猪拱地。文昌觉得自己的脸上火辣辣疼了一下，立刻意识到自己半生惨淡经营的威严像脸上的血滴一样，洒落在地。

"你听明白，"崽子第一次对文昌扯开那尖嗓门儿，"我才不是什么野杂种儿哩！野杂种埋进樗树底下了！我也不欠你一文钱的账，少冲我耍威风，早够够的啦！"

文昌从地上爬起，掸掸身上的尘土，进了屋，瞥见水瓛在炕角大声咳着暗自垂泪。他抖抖瑟瑟地摸出烟锅子想闷一口，那荷包却不知去向，又感觉两只眼睛沙碜得慌，是刚才迷了眼。狗崽子。

水瓛还在咳着。水瓛见老了。水瓛的身子大不如前了。水瓛的头发差不多白了半边，酷似冬日山坡上的雾凇。

文昌心想，狗日的崽子到底把他们都撺老了。

硬汉子福祺夜里一把火毁了自己的家园，拖一条老瘸腿，领上一帮人成立了"天尽头敢死队"。据说他发了毒誓：要是哪天没杀一个日本鬼子，别人就可以砍掉他的脑袋来当杌子坐。敢死队开始总共不过二十几号人，大都是崖子里外、十疃八庄跟鬼子结了血仇的打鱼人和庄稼汉。家什不外乎鱼叉、剔骨刀与三节鞭之类。许多人都以为这下老福祺可完了，他和他的敢死队坚持不了几日，鬼子会用东洋刀把他们的脑袋全都割下，高高挂到城墙上去示众。但是福祺自有办法。福祺不愧是当过兵的人。他的敢死队专门对付零零散散的鬼子兵，四五个忙乎他一个，没有不得手的，有一回还在山那边南沙埠的螃蟹酒馆里干掉了他一个小队长。

那猪猡喝得兴起，正哼哼着什么"飒库拉"，抱住老板的女人尽欢，福祺他们就进来了。一条女人的红布腰带便打发他去了王道乐土。

第二天，这个小队长的脑袋十分抢眼地出现在城门外那根电线杆上。

不出仨月，敢死队已扩大到五十几号人、二十几条枪，还有不少好船。从成山崖子到荣城县城，来去两无踪，晓行夜袭，威震四方。小鬼子走到哪儿他们就跟到哪儿，神出鬼没，此一刀彼一枪，弄得日本人成了缩头乌龟，再不敢贸然出城，贸然进村。百姓的日子从此安稳多了。

在文登和威海之间的昆嵛山区，活跃着理琪领导的胶东人民抗日救国军第三军，最近秘密炸毁了日军泊在荣城湾的十二艘汽艇。理琪是个指挥着千军万马的大共产党，大名鼎鼎，传说福祺也上过昆嵛山，并从理琪的队伍里接受过枪械，这使福祺身份倍增。后来福祺是不是也加入了理琪的队伍，人们不清楚，但是福祺的队伍越拉越大，真枪实弹的硬家伙也越来越多，却是事实。不过福祺的敢死队还是叫"天尽头敢死队"，还是归福祺一个人指挥。福祺并不强行拉人入伙，愿意追随他干的，他会好酒好肉地欢迎，认作兄弟；不愿意入伙的，他也会客客气气地对待，传命手下教他们如何使唤枪械。

福祺甚至已经被沿海的村庄当作神供奉和敬仰着，无论他在何时何地出现，都会爱到人们的欢迎和掩护，从此他的敢死队真正如鱼得水、进退无虞。

世道不好，海上难得看到几条船。鱼也少多了，在海上漂荡一天，空手而归是常事。又不能不出来，出来了两个人又都不吱声，这给了文昌大量的时间思考。他觉得人活着其实就像一条渔船，赶着潮水出发，漂到茫茫无边时，剩下来就要找鱼、使网和往回返了。这是一个生死相依的过程。人人都无法逃避。只不过有的人船跑得可能快一些，捕到的鱼可能多一些，而有的人却可能没有如此好的运气，这就是所谓的背时鬼了。可有一点是不会错的，那就是人人都喜欢平平安安、福全寿齐。日要落山，船要靠岸，人要有个好去处，来世上活一遭，想来想去，希图的就是这一点啊。

文昌颇有些悲哀。往事如潮，历历在目。陈老太算是有善终的了，可是伯郁就不行，伯郁的船是强盗给打翻的，那是横死。还有福祺的儿子午生，还有成山崖子那么多好汉子，日本人一到，都横死了。活着的人就好了吗？——水瓓好吗？从伯郁横死的那一天起，她的脸上就从来没有过笑的模样，一个端庄温柔的黄花儿好姑娘，稀里糊涂地老了，而且恐怕到死也不会享一天的福——崽子呢？他一个废人，心里没有不明白的，他说自己不是野杂种儿，难道还是伯郁的种儿不成？伯郁怎么会答应！崽子就是野种儿，这样的人也一定要不得好死的，所以他应该受苦受难。他明白的事情越多，受的折磨也就越多。谁也没法儿治。

想到自己的时候，文昌忍不住长叹一声。一种生不如死的滋味涌上心头。他和水瓓的苦，像一张密不透风的网，把他紧紧罩住了。恍惚间觉得什么人在使网越罩越牢靠，已经无法走脱了。

定睛看时，竟是崽子。

文昌很少正眼看过崽子，因为他早已感到崽子的眼睛是充满警觉和敌意的，他担心崽子会想到别的。崽子是一匹出色的骡子，浑身上下生长着结实的皮肉，在阳光的照耀下闪着黑油油的光芒，那都是消化了数不清的鲜鱼和米谷之后的结果。那些鲜鱼和米谷使他产生了把文昌打倒在地的力量。那些鲜鱼和米谷照样还会使他产生更为巨大的力量。文昌现在无比强烈地意识到这一点。他用一垂目即可看到自己的花白胡须的时间做出了一个令他亢奋不已的决定,好像他的生命之船行将遭遇一场突如其来的惊涛骇浪,而他及时找到了风平浪静的妙计。

崽子穿着没有扣子的裤子,无限落寞地凝望平静的水面。下到水里的网罟子随海水轻轻浮动。海水清澈,碧中带绿,可以看到水下的一大截网罟子,偶尔有成群的钱嘴鱼、小梭鱼穿网而过,上面的网纲却毫无动静,那些鱼都太小了。崽子还看见一片海草丛中,一条硕大的偏口儿正在追逐一只小海马,那小海马身体猛一弓,将自己弹得无影无踪,偏口儿愣了一下,钻入海草根部了,它游动的时候腹部会翻转过来,白光光的像一柄快刀杀向海草。然而,网上依然不见鱼来。崽子提起网纲抖了几下,又放入水中了。他抬头仰望天空,不见飞翔的海鸥,远方更不见任何有鱼要来的征兆。

文昌似乎要睡着了,歪在舱口有心无意地摆弄他的旋网。

崽子想,看来又要白耗一天啦。

这时候他有了一股尿意。

崽子很迷恋这种似胀非痛的感觉,这种感觉像梦一样袭来,使他生出莫名的渴望来。他觉得自己一生很不真实,如梦似幻,包括自己的声音、自己的身体,一切与自己有关的事体都像一个十分遥远的记忆。女人的身体对他是一个谜,他知道每一个男人终归都要有一个女人的,但是因为文昌,他成了另一种男人,成了一株孤苦伶仃的树。而对于女人的身体的渴望,常常使得他的痛苦真实起来,所以当他注意到午生媳妇的身影时,他立刻尾随着上了山。午生的媳妇却像一条蛇一样咬碎了他蠢蠢欲动的渴望,从此使他觉得自己一钱不值。只是当伴着尿意的似胀非痛的感觉再次袭来,他就会身不由己地产生某种无奈之余的满足感,因此他决定把这泡尿跳到水中去撒。

崽子最后提起网兜看了看,确认网上没有鱼,一纵身跳入海中。也不必脱衣裳,也不必顾忌什么,随心所欲,懒洋洋地游一会儿,然后仰面枕在水上,舒舒服服地撒尿。

文昌站起来。他看到崽子闭上了眼睛。睡吧,就该这样,他想。他以一种让人难以置信的速度抄起脚下的旋网,又稳又准地朝崽子扣过去,只听呼啦一声,崽子被网牢牢扣住了。崽子显然清楚文昌的用意,所以立刻拼命挣扎,试图冲出网去,水面上溅起一人多高的浪花,崽子惊恐、激愤的脸被网眼切割成浪花的形状,两只挥舞的手横冲直撞,反而被网缠得更紧,也许他终究会撕破旋网,但是文昌没有给他时间就把手一松,迅速摇船而去。大海茫茫,崽子不久将消失得无影无踪,被海底的鲨鱼带走。

文昌呼出一口气,如释重负。他想他终于可以对伯郁有个交代了,他多年来的一块心病今日终于去了根。

他是在望见成山崖子的时候突然犹豫起来的。他似乎又听到了水瓅悲泣的声音,崽子是她生命的一部分,她眼中的崽子只是她的孩子,她甚至可以为了崽子而舍弃掉自己的生命。那么,回去该怎样对她讲呢?

而且似乎听到一阵紧似一阵的呼喊,好像是水瓅的呼喊:"老二，老二！不管怎么说，崽子是在老陈家长大的，因此就应该被看作老陈家的人！你这样对待过他一天吗？"文昌无言以对。文昌想起自己对崽子的所为，实在是过于苛刻了一些，崽子从小到大，他实在不曾善待过他一回，而崽子实在为老陈家出尽了力。崽子有什么不好的呢？凭什么这样对待他？难道他遭的罪还不够多吗？

这样，文昌心里咯噔了一下。回头望去，海天染成同一种颜色，水面很高而天空很低，一大片像炊烟一样的空气四处弥漫，使前方灰暗下来。零零散散的渔船从灰暗中驶出，缓缓靠岸了。

文昌预感到崽子还活着，还在等他回去救。他非去不可。

文昌未能找到崽子。疲惫不堪的文昌迈进家门口的时候，夜已经深了。屋里依然燃着洋油灯，地上铺一领苇子席，上面躺着一个半死不活的男人，文昌仔细一看竟是崽子。旁边的蒲团上，坐着水瓒，正哀哀地看着崽子。

"崽子，崽子还活着！"文昌说。

水瓒扑通一声跪倒在他跟前："老二，你就放过我们娘儿俩吧，看在我为你们老陈家苦了一辈子的分上，别再跟崽子过不去了！"

文昌哽咽道："水瓒啊，都是我该死，我心里也不好受啊！我在海上寻了他大半宿，号哑了嗓子，不停地喊，崽子，只要你活着，便是我文昌的好侄儿，老叔千不对万不对，你也不能往心里头去，快回来吧，你是老陈家的人啊！"

水瓒说："老二哪，有你这句话，我死也能把眼闭上了！我死了，就让崽子来伺候你！"

文昌攥住水瓛的手，老泪纵横地说："水瓛，你这是说到哪儿去了？老陈家就我们三个人了，谁也不能死，要好生活下去，活下去呀！"

两行热泪从崽子脸上滚滚而下。

水瓛说："孩子，二叔的话你可听见了？"

崽子睁开眼睛，细声叫道："二叔！"

文昌应道："唉！好孩子！"

崽子说："我看见你回去找我了，可我不能停下来，一停下来我就沉下去了，我不想沉下去，我要回来，我要回家，就是死也得死在家里，杀了樗树当棺材。我知道你并不是真的想害死我……让我在家躺几天，等我能爬起来了，日后我来替二叔打鱼去，二叔年纪大了，不方便出海了。"

文昌说："我的崽子啊！"

崽子说："二叔。"

文昌说："唉。"

崽子说："我看见福祺了。"

文昌说："在哪儿？"

崽子说："船上。"

文昌说："他一个人？"

崽子说："不，一大群。"

这天，福祺和他的敢死队乔装进了县城，一口气击毙了九个鬼子兵，然后迅速向海上撤退，等后面大队的日军赶到，他们早已从海上消失了。

日暮时分，溜满的四卡车荷枪实弹的鬼子兵杀气腾腾地开进了成山崖子。

文昌一个人出了海，崽子和水瓅被堵在了家里。

这时候福祺的敢死队正和成山崖子的打鱼人在一起。为了庆贺今天的胜利，他们晚上要返回成山崖子美美地喝一顿。舱里已经备好新鲜的猪头肉和大缸大缸的即墨老黄酒。福祺说，这是从日本人手里夺来的，今晚不醉不罢休。

鬼子破门而入，把人们统统赶进屋，并且强迫女人们坐到灶台前生起火来，还威胁说没有命令不准熄火，否则格杀勿论，然后咣的一声从外面把门闩死，谁也不许出。

他们顺着院墙爬上屋顶，支好黑乎乎的铁家伙，对准崖下那片海。

出海的人，很快就要回来了。

水瓅看出了鬼子的意图。明摆着，他们得到了福祺的人今天要回成山崖子的情报，故意布置假象，好趁敢死队不备一网打尽——他们连做梦都想要根除敢死队。现在这群全副武装的野兽把弹药整箱整箱地码在屋檐下，准备再度屠杀中国人。他们的刺刀在夕阳中晃出蓝幽幽、阴森森的光芒，他们的笑声就像地狱里的鬼火一样跳跃不止。天哪。水瓅的手微微地颤抖了，嘴角也抽搐起来。灶膛里的紫红色火焰像一面镜子，照出了她心底汩汩涌出的苦难，而她的额头已经像远去的陈老太那样皱纹密布了，心头不能愈合的伤口在这一刻訇然苏醒，开始痛苦地流血。火焰中还无比真切地映出了一个浑身是血的影子。

水瓛眼睛一亮，失声叫道："伯——郁——！"

那影子旋即不见了，化作一团噼噼啪啪的烟雾了。水瓛吃了一惊。她想那烟囱冒出的炊烟必定是祥和而亲切的。但现在它却成了一个陷阱，等待着归途中的福祺他们，还有文昌。成山崖子的炊烟将很好地解除敢死队的戒备，然后，是疯狂射向他们的罪恶枪弹，是鲜血，是死亡，尸体漂满了海呀……

"娘，你受惊了。"崽子走到水瓛身边，说。

水瓛说："你知道吗孩子，鬼子又要杀人了。"

崽子说："我得干点什么，娘。"

水瓛说："他们会杀死你的，他们还会杀死福祺、杀死文昌，他们有枪。"

崽子说："我得替你报仇，娘。"

水瓛说："孩子……"

天井里咕咚一声闷响，像是什么重物从屋顶滚下，接着传来鬼子压抑不住的呻吟和一阵慌乱的脚步声。

一个鬼子不小心从屋顶摔下来。

门被打开，抬进一个龇牙咧嘴的鬼子来，裤子从膝盖以下划了一道口子，腿上往外流血。水瓛看了，心想怎么没把他摔死呢？崽子看了，心想怎么没把他狗日的摔死呢。受伤的鬼子叽里咕噜地讲了一通什么，抬他进来的两个鬼子往他的伤腿上缠了一条绷带，递给他一支枪，然后恶狠狠地瞪了崽子和水瓛一眼，迅速走出屋去。

鬼子枕着水瓛的被褥斜躺在炕上，一会儿冲崽子，一会儿冲水瓛摆弄枪栓，同时虚张声势地大声呻吟。崽子拿眼睛的余光，不动声色地注视着他的每一个动作，默默记在心里。水瓛胡乱地往灶膛里填了把柴火，起身去搬炕上的被褥。鬼子的血令她恶心，她不愿意看到鬼子枕在她的被褥上，但鬼子用刺刀拦住了她。这时候崽子站了起来。从鬼子进屋的那一刻起，崽子一直纹丝不动地坐在灶台边的一个马扎上，现在他推翻马扎站了起来，实际上他朝炕头迈出了一步。鬼子及时注意到了这一点，所以神色顿时紧张起来。鬼子迅速用枪刺拨开了挡在面前的水瓛，继而枪口对准崽子，如临大敌。

崽子毫不在意地又朝前迈出一步，这使他能够扶住水瓛。他把水瓛扶回灶台前，回过头冲炕上的鬼子笑了笑，鬼子也笑了笑，笑完之后做手势让崽子过来。等崽子走近时，鬼子突然不再理会崽子的表情，而是用枪逼崽子去舔他腿上浸出的血。

崽子显然始料未及，因为他的脸色一下子变白了。不过崽子还是点了点头，认真地俯着身子吮起鬼子腿上的血来，吮得鬼子满足地笑起来，越来越喜欢，以至于仰面大笑起来。

崽子这回没笑，水瓛看见他几乎是歇斯底里地跳到鬼子身上，两只手唰地向下一劈，就抓出鬼子一双带血的眼珠子。鬼子惊恐地哀号了一声，脑袋就像熟透的葫芦一样歪到一边去了。

崽子捡起鬼子掉到炕角的枪。

外面的鬼子听到了动静，马上喊了一声，接着一前一后拥进两个鬼子来，见状大惊，呀呀叫着扑向崽子。崽子一拉枪栓，走在前面的鬼子中弹倒地，后面的鬼子跟着扑上来，崽子躲避不及被刺中了肚子。他扔下枪,捂着伤口倚在墙上,血从他的指缝中间喷涌而出。鬼子端枪穷凶极恶地再次扑过来。说时迟,那时快,水瓤挥起手中的红炉钩向鬼子脸上打去。鬼子惨叫了一声,双手捂住脸,趴到地上打起滚来。

崽子忍住剧痛,上来一刀结果了他。

水瓤笑道:"干得好,孩子,你比伯郁强,伯郁才杀了他们一个。"

崽子说:"娘,到我身后来……"

但是,已经来不及了。崽子话音未落,鬼子的枪就响了,水瓤伸手在空中抓了几下,带着微笑倒下了。崽子觉得这是娘一生中笑得最开心的一次。微笑使娘变得很年轻,很美丽。崽子被击中右臂,这使他对腹部的痛感稍稍迟钝了几分。他弯腰给娘合上眼皮,然后从脚底拾起枪。枪的沉重一如巨大的伤痛,端平它颇要费一番气力,崽子到底稳稳地端平了。也就是说,崽子做出了这样一种姿势:静,可以向敌人射击;动,可以向敌人刺杀。

于是崽子威严无比地吼了一声:"王八羔子们,杀啊——"

新闻圈

鲍念友觉得自己很窝囊。自打老婆跟人跑了之后，儿子成了他唯一的寄托，他把全部希望都寄托在了儿子身上。只要儿子健康成长，他就心满意足了。想想看吧，他现在已经四十六岁了，到了这个年龄，用一句俗语来形容，就是可以"看到头"了。该有的早就应该有了，不该有的恐怕永远也不会再有了。都说"四十而不惑"，什么叫作"不惑"？不惑就是不再相信奇迹，奇迹是属于年轻人的，是年轻人的梦想。说穿了，他能把这个小小的记者部主任干到底，就算万幸了，所以要全力以赴保儿子。偏偏儿子又不争气，各门功课均不出色，特别是英语总不开窍，弄得老师都要对他失去信心了，问题是比较严重的——鲍念友常常在心里犯嘀咕：当爹的智商并不低呀，为什么当儿子的不行呢？

报社里来了一个比鲍念友年轻七八岁的新社长，姓宫，叫宫兆学，一来了就强调记者工作的重要性。在鲍念友看来，大部分都是老调重弹，什么记者是无冕之王啦，是新闻界的轻骑兵啦，等等（鲍念友把这些动听的词儿理解成一盘棋上的马前卒。他觉得自己一直在充当马前卒的角色。他这个从报社创建伊始就担纲记者部主任的"老马"，伴随着这张报纸走过几十年风风雨雨，如今这张报纸已经从当年四开四版的周报成长为今天二十几个版的日报，然而他的工作他却似乎越来越不会做了）。昨天宫社长专门召开记者部会议，无疑用了批评的语气，说一张报纸要办得好，有生命力，光靠经验远远不够，必须善于学习新方法，接受新事物，如果只求四平八稳，机械地照登上级文件，报喜不报忧，是极不负责任的表现。鲍念友心说："你这是在给那些业余通讯员上课还是在做报告呢？絮不絮啊。"但是宫社长还要再讲一会儿。他说时代在发展，社会在进步，要避免落伍，就必须紧跟时代的步伐，这样才能真正做一个有出息的新闻工作者。现在最要紧的就是消灭新闻死角，采用灵活多样的形式，及时反映为广大群众所关心的社会热点问题。鲍念友对这些话并不感到陌生。现在新闻圈内外的许多知名的和不知名的人士都在谈论新闻改革，好像刮台风一样。刮台风总是不好的。去年刚分配来记者部的大学毕业生丁之胜，学生气尚未褪尽，就已是这类观点的鼓吹者了。鲍念友内心里笑他精神可嘉，经验不足，犯了当代小知识分子的幼稚病。令人费解的是，宫社长似乎格外欣赏他。

宫社长说："你们记者部一位新来的年轻人向我提出了一个很好的建议，说得白一点，就是好钱买好稿，开展新闻大竞标，对来稿以质计酬而不是以字数计酬。同时扩大照片版面，图文并重，改变以文字报道为主的传统新闻模式。我看这很有道理嘛。"

鲍念友心里说：难道新闻是可以当猪肉卖的吗，不乱套才怪！这个小丁，玩什么时髦嘛！

丁之胜一到报社，正赶上鲍念友家后院起火。鲍念友在市文联搞油画的妻子跟一个著名艺术家去敦煌考察了一个半月之后，回来立即向鲍念友提出分手。很难想象一个结婚十八年，儿子都要读高中的女人会做出如此轻率的、惊世骇俗的决定。这样的女人太可怕，太不可思议了。这是丁之胜最初的看法。但是后来他改变了自己的看法。他是在采访市政协和文联联合举办的一次书画展时认识鲍主任这位惊世骇俗的前妻的，其时她已经做了北京某著名艺术家的续弦。丁之胜觉得她是一位懂生活、有情调，颇具性格魅力和思想深度的女画家，一个有所追求的理想主义者，全身上下充溢着令人着迷的、韵律般流动的成熟美。丁之胜对于艺术虽不内行，但从中学到大学这么多年都在有意无意地接受着各种艺术门类的浸染，加之他本身也比较喜欢欣赏艺术品，这使他能够轻松地阅读女画家的作品。她的画旨在张扬一种风采独具的女性意识，如泣如诉，极富震撼力。他当时就明白了像女画家这样的女人是不可能与鲍主任长相厮守的，因为同女画家相比，鲍主任的致命弱点也许就是毫无浪漫情调可言，过于琐碎和缺乏想象力。这当然不是他们中哪一方的错。丁之胜对鲍主任深表同情。

然后便是他与鲍主任的一次小小的摩擦或冲突。实际上丁之胜和鲍主任之间并未发生过任何意义上的争吵，丁之胜只是对鲍主任感到深深的失望，并在失望之余，从心底生出无奈的悲哀来。他没想到鲍主任会武断地反对刊用他在书画展上拍摄的作品。鲍主任几乎像疯了一样把有关他前妻的画照撕成了碎纸片儿，一边失态地骂道："这个破鞋！这个骚货！只要有我鲍念友在，你就休想脏了这张报纸！"丁之胜欲做抗辩，但鲍主任那一脸不屑的神气，使他最终放弃了这个念头。他再一次想起了女画家。

有了这次的经验，鲍念友立刻为记者部各路人马做了精细的分工:划定责任区,每人负责一片,各司其职,不能随心所欲,想去哪儿就去哪儿。丁之胜负责的是市政府机关这一片。这样丁之胜就认识了平平,这是丁之胜没有想到的。

丁之胜采访了一个全市消防工作会议,草拟了一条消息,经过打字室时突发奇想,进去问能否帮忙整理一下,因为接下来还要采访另一个重要会议,如果可能的话这条消息就可以赶在中午定稿以前送达报社。没想到一个身穿牛仔裙的高个子姑娘痛快地答应了。丁之胜喜出望外,不禁多看了这个姑娘一眼。当时他还不知道这位姑娘便是王副市长的千金,只是觉得她什么地方有点与众不同,至于不同在何处又难以确定。他笑自己有点傻里傻气。后来见的次数多了,慢慢熟络起来,丁之胜想不到平平很对自己的感觉,好像在一个没有归期的旅途之中意外发现自己已到终点,好像冥冥之中老早就注定了在此地有一个姑娘,等待他此时的靠近。关于平平,这么说吧,她是一个貌不惊人,但见了就叫你不忍忘掉的女孩,她的眼睛连同眼睫毛对你像梦一样忽闪着,那种妩媚叫你心痛。而她的声音显然是有一种甘草般的甜味的,毫无矫饰的甜,你能联想到晨露下面流动在草茎里面甜甜的液汁吗?

鲍念友在去报社的路上看到了一条红底白字的横幅,上面用圆润的舒体写着:大学生家教服务咨询中心。见到这条横幅,他首先想到了儿子和儿子的英语。儿子很快就要考高中了,可英语怎么总是不入门呢?可怜天下为父心。迄今为止,他已根据别人的介绍,给儿子邮购过一些像《扶忠汉英语速成法》之类的教材,同时加上一定量的牛肉和巧克力，均不见成效。而英语的问题不解决，牵扯的精力过多，势必进一步扩大儿子其他不出色功课的负面影响，到时候别说进"重点"，就连进"普通"也难保。现在的学校都时兴分数不够钱来凑，差一分就可能意味着要多缴几千乃至上万元的学费。这对那些腰缠万贯的大腕儿也许不过是九牛一毛，但对他这个拿死工资的穷主任来说，事情就不那么简单了。（实际上他认识一个叫作"蛐蛐"的商场大老板。蛐蛐也曾真心实意地表示过可以在经济上与他"互通有无"，但他认为这是在走钢丝，便最终谢绝了。后来的局势发展表明，他这样做是明智的。）所以他想如果条件合适，不如给儿子聘一个大学生做家教：一来大学生都是从中学过来的成功者，他们对如何才能学好英语最有发言权，他们的经验一定会对儿子有所启发；二来大学生来路正，信得过，用起来比较放心，不致把儿子教坏。这么一想，已经有了试一试的意思。结果出乎意料地好，没怎么费功夫，他选择了一个来自英语系的女大学生，每逢双休日上门辅导，酬金是每次5~10元。

女大学生名叫龙晓青，22岁，白白净净的脸，一双善解人意的大眼睛。签约的时候，一听鲍念友是报社的，当时就乐了，说："我喜欢写稿子，以前常给你们投稿，老不中，现在可好了，我来给你儿子做家教，你负责发表我的文章，我也不要家教费了，好不好呀？"鲍念友心说现在的大学生好厉害呀，一张口就开门见山一针见血地直奔主题。鲍念友也乐了，脸上迸出久违的笑容："要是我干版面编辑就好了，一定百分之百地满足你这个要求。

可我是个记者,你愿意的话,我可以教你学摄影。"龙晓青说:"那也行,听说现在有了'尼康F5',你们那儿有吧?"鲍念友说:"我们有'尼康F4',效果也挺好,用起来蛮方便的。"龙晓青说:"那就请你用'尼康F4'教我吧。"

有了平平这层关系,丁之胜出入市政府机关方便多了。一天,丁之胜采访一个会议出来,在大门口遇到几个门卫正与一个五十多岁的妇女推推搡搡。她的长相不知怎么使他想起了自己的母亲。他的母亲几年前患乳腺癌去世了,临终前母亲瘦得差不多只剩一把骨头,但她仍然不肯服输,就像跟疾病较上了劲似的,咬着牙爬起来到厨房择菜,说要坚持活下去,一直活到胜子娶了媳妇。胜子就是丁之胜。那时他正放暑假,天天跟母亲在一起,陪母亲说话,听母亲说话。对,主要是听。他知道母亲的时间已经不多了。那时候母亲的病确实已经很严重,正是她最痛苦的时候。病痛折磨着她,她一整夜一整夜地不能入眠。家人都希望她能住进医院,但是她死活不答应。当时大家都在,全家人都团圆了,她舍不得离开,怕去了就再也回不来了。她就这样强忍着,坚持到了生命的最后一刻。丁之胜忘不了母亲最后的身影,母亲几乎是站着离去的。在他心目中,母亲没有离去,母亲一直在他的身边走来走去,母亲永远都在和病痛抗争。他无法想象天底下居然会有如此相同的身影。他的血液停止了流动,他的心跳戛然而止,他就这么静静地发了一会儿呆。职业习惯使他不失时机地打开了照相机的快门。咔嚓咔嚓。镜头里的妇人被推倒在地。妇人像一棵被风吹弯的高粱一样从地上弹起来。妇人的脸上怒气冲冲。

"让我进去!让我进去!你们这些无父无母的人!"妇人凶巴巴地喊,底气十足,声嘶力竭。

门卫并不听,把她使劲往外推,妇人用尽浑身的力气也无济于事,最终还是被赶走。

丁之胜走过去问门卫:"为什么不放她进来?"

门卫气咻咻地说,上头不让呗。又说,也不知上访过多少回了,拿这当饭吃,烦不烦哪。

丁之胜在市内公共汽车站找到了上访受阻的妇人,发现她上了开往化工厂的车。

龙晓青一来,鲍念友的家里明显变了样。原来衣服、鞋子、旧报纸放得到处都是,还有行李箱、折叠椅、手提包什么的,进了门你根本没地儿搁脚,简直烂狗窝一个。现在一切都井井有条起来。"Order,"她说,"一个家庭就好比一个国家,一个社会,国家没个 order 怎么行?知道吗,现在有种新观点,叫作 order 也是生产力呢。"鲍念友问(他心说真不愧是学英语的,上来就是洋词儿呢):"请问你这个 order 是什么?"龙晓青像看一个外星人似的看着他:"什么,你连这个都不懂?乖乖,两个字——秩序。"龙晓青说这话的时候从她嘴里喷出了带着薄荷牙膏和年轻女人口中特有的那种湿漉漉、甜丝丝的香味儿。

鲍念友脑子里突然出现了空白,大脑的活动遭到了遏制,眼前空空,耳朵里空空,脑子里空空,房间里也空空。他甚至知道这一切,但是无能为力,只能任凭自己的躯壳在房间里摇来荡去。这是他第一次有了梦游的体会,而且是如此真切,而且是在大白天,而且是在儿子的家庭教师面前。好在这时间并不长,所以他觉得没有必要去深究其中缘由。他又记起了女大学生的话,心里说:"你不用对我讲什么秩序不秩序的,我用不着,我不感兴趣,我只要求你把我儿子的英语分数升上去,就得了。"

丁之胜决定到化工厂去一次。

碰巧,在车站,他又见到了那位上访的妇人。他有意紧挨着妇人坐了。她看上去像一个从农村来的大妈,身上穿的都是过了时的衣服,眼角有很重的斑,两个眼角都有,乌色,给人的感觉是饱尝艰辛。她彻底没了当初在市政府大门口跟门卫干架的凶相,此时无助而凄苦地望着车窗外面,不时拿一条黑乎乎的手帕来揩眼睛。丁之胜有一种预感,这位妇人的背后隐藏着一个3A级的新闻。

听到售票员叫买票的声音,妇人连忙从裤兜里拽出一大把零零碎碎、油光可鉴的毛票,埋头精心地数起来。丁之胜说:"大妈,让我替你买了吧!"说着就把钱递给售票员。妇人疑惑地眯缝起眼睛,把丁之胜从头到脚端详了好几遍,最后抱歉地笑笑,说:"这位大兄弟,你是——?"丁之胜说:"你不认识我,大妈,我是市里报社的。你家是化工厂的吧?"妇人说:"是呀是呀。"丁之胜说:"那好,我们正好同路,我也要去化工厂呢。"妇人收起那些油光发亮的毛票,说:"你到那里去走亲戚呀?"丁之胜说:"不,大妈,我还从没去过化工厂呢,我想去看一看。"妇人说:

"有什么看头啊，那么偏，那么远，花了钱，受了罪，何苦啊。"丁之胜说："大妈，你经常到市里来吧？"妇人叹口气说："唉，没有事谁愿意来啊。我把腿都要跑折了。"丁之胜说："你找什么人这么难呀？"妇人像没听到似的，兀自把手帕往裤兜里使劲塞了塞。丁之胜说："听说化工厂很不错，工资、奖金都在全市数得着呢。"妇人低了头，揩了揩眼睛，没有吭声。丁之胜又说："你是去找什么人，对吧？"妇人神色黯然，下意识地往车窗那边靠了靠，还扭头看了看前后。丁之胜心想妇人刚才不是没有听到他的话，她只是心里有顾虑，不想说罢了。这会儿，她主动用肘推推丁之胜，压低声音说："是啊，可是找不着，老找不着，这怎么行，不能就这么算了，我……我死也要死在他面前……这些人怎么一点良心都没有啊。"丁之胜觉得妇人已经对自己产生了信任。

妇人叫辛淑娥，是化工厂的家属工。丈夫和儿子都曾经是化工厂的职工。在两年前的一次催化裂化装置安装调试中，冷却塔发生剧烈爆炸，死伤十几个人。辛淑娥的丈夫、儿子一死一残，好端端的一个家庭就这样给毁了。儿子瘫痪在床，脑子里至今还嵌着一块铁皮，没有了语言和活动能力，吃喝拉撒都离不开人。为给他治病，家里落下一屁股债，现在连买药的钱也出不起了。那是一次严重的领导责任事故，是王厂长他们进了不合格的设备引起的，可王厂长硬是不承认，反说是工人违章操作，拖着压着不让上报，只给死伤者家属一次性补贴了几千元钱了事。拖来拖去，最后他一抹屁股出溜走了，更没人再提这茬啦。

妇人说："我们孤儿寡母的，往下这日子可怎么过呀……"

丁之胜问:"大妈,你还准备继续上访吗?"妇人说:"只要还有一口气,他们一天不给解决,我就去一天,不信这世上没个公道。"丁之胜问:"你说的那个王厂长是谁?"妇人说:"就是王道君。"丁之胜吃了一惊:"王副市长?"

编前会上,鲍念友对丁之胜节外生枝地跑到化工厂去采访一个毫无新闻价值可言的女家属工大为不满,当着宫社长的面狠批了丁之胜一通。他觉得自己若再不明确一下态度,用不了多久记者部准会翻个底朝天,到时候各自为政,谁的眼里还会有他这个主任?那个女大学生说得不错,秩序,对,就是要来个秩序。平心而论,他对丁之胜虽然看不惯,却还不至于严重到大动肝火的地步,人家毕竟是一个新手嘛。他的火一半是冲着宫社长去的,身为一社之长,下面说风便是风,说雨便是雨,这还有个原则性没有了?为什么一定要支持那些标新立异的歪点子呢?难道一味媚下就不是一种腐败吗?他说:"丁之胜同志,你真是太令我失望了,我记得部里分配给你的责任区是市政府机关的,你再怎么消灭新闻死角也不能把F4的镜头对着一个家属工呀!离题是不是有点儿太远了,风马牛不相及嘛!我们的报纸的性质是什么?是党报,是市委机关报,不是小市民报,这一点务必搞清楚。"丁之胜振振有词地反驳:"我不同意鲍主任的观点,我认为越是党报就越是要贴近群众,密切联系群众不是党的优良传统嘛,党报难道不应该通过反映群众的疾苦来表现党对人民群众的关心和爱护吗?再说了,我们现在倡导新闻改革,新闻改革就是要……"

鲍念友火辣辣地打断他的话："你可以先不必谈什么新闻改革，新闻再改革也要讲五个W。我们总不能改来改去，把消息的由头和导语都改下去吧！"丁之胜说："鲍主任，我只是想说，我们如果再按部就班地重复过去的老路，我们的路就会越来越窄，越来越难走，以致最终失去读者，失去群众的支持，结果必然影响到报纸的生存。我到化工厂去并不是一时心血来潮，是因为我感到有可能挖掘到一个重要的新闻素材，作为一个记者，我想应该具备这点新闻敏感性。在这个问题上，我希望得到领导的支持，希望继续追踪采访下去。"

鲍念友见丁之胜如此顽固，不由得满脸赤红，腾地站起来："好好好，你有新闻敏感性，你有能耐，我还能说什么。"本来他还想说："我看这个主任你来干好了！"话到嘴边又咽了下去，脑子里轮换着高速浮现出妻子、儿子、龙晓青和自己的造型，每人都双手抱拳对着不可见的镜头莫名其妙地微笑，咄咄怪事。他望着宫社长说："宫社长，这事你来判吧，你说怎么着就怎么着。"

宫社长带着笑容对鲍念友做了个少安毋躁的手势，鲍念友吃了一惊，然后又搞不清楚为什么吃了一惊。宫社长征求其他人的意见，鲍念友觉得大家看出宫社长已心有所属，所以大多数都倾向于支持丁之胜。鲍念友急了："这是怎么搞的，宫社长，我们可不能由着小丁乱来呀！"

宫社长说："鲍主任，你看这样行不行，这次先让小丁试一试，照片也好，文字也好，报道出来，看看效果究竟怎么样。"

龙晓青特别勤快，除了认真辅导儿子功课，还包了拖地板、擦窗户、收拾厨房，家里多了一股青春气息、温馨气氛。鲍念友感到自己也变得年轻了。事实上他已在不知不觉中认同了龙晓青在这个家庭里的特殊地位。与别的女人相比，他更愿意接受龙晓青这种风格，他认为这就是平等。鲍念友说："真辛苦你啦。"龙晓青说："别忘了你还要教人家学摄影呢。我给你儿子辅导英语，你付我工资；我为你做家务，你教我学摄影，完全公平交易，谁也不欠谁。"鲍念友说："我真服了你这张嘴了，你这么厉害，将来哪个敢娶你啊。"一听这话，龙晓青像被戳到了什么痛处，不禁蔫了下来，半天无语。鲍念友见她这个样子，以为自己刚才的话伤了她的自尊，暗暗怪自己嘴臭，恨不得给自己两个嘴巴，就赶快制造点儿轻松："我今天去买火腿，就是那种得利斯火腿，听说这品牌的名称来自英文，叫什么来着，叫'敦雷射'什么。"龙晓青说："是delicious，美味的意思。"鲍念友说："对对，就是这么个东西。"龙晓青说："你快往下说，去买火腿怎么啦？"鲍念友说："我去买火腿，我要一只，售货员却一下子拿来了两只，我这个人有个习惯，买东西不好挑来挑去的，看好了就买，买了就走。可今天也不知上了哪门子邪劲，我居然留意起外包装上的出厂日期来，我想现在假冒伪劣品特别多，千万别买回家一只过期的火腿。我找了半天，终于找到一只出厂日期比较近的火腿，就交了钱。"龙晓青说："后来呢？"鲍念友说："后来我就出来了，走到家门口才想起把火腿落在柜台上了。"龙晓青说："你没回去找一找?"鲍念友说:"还不是白跑一趟。"龙晓青说:"不一定,你应该回去找一趟,走吧,趁你的宝贝儿子现在还没回家,我和你一起去。"

售货员是个矮矮胖胖的中年妇女,见了他们,很吃惊的样子,说不记得有这码事。鲍念友对龙晓青说:"你看怎么样,我就料到会有如此结果。"龙晓青还不死心,让女售货员再仔细回忆一下,事情毕竟刚刚过去不久,现在面对着顾客,是可以回忆起一些细节来的。鲍念友也打着手势比比画画地向女售货员陈述当时的情况。女售货员眼一瞪,嘴一咧:"想起来了,到底给我想起来了,你们这一对还挺有意思呢,明明把火腿拿走了,说不准都馏出来了,回头又问我要!你们是穷不起了怎么着?!"鲍念友本来不打算发火,她记起有这么回事呢更好,记不起来也没什么大不了的,就算他和龙晓青出来遛了一趟大街。但是现在他真的发火了,他觉得有必要让这个出言不逊的女人懂得何为礼貌,这一点对她非常之重要。鲍念友猛一拍柜台,把女售货员吓了一跳,把龙晓青也吓了一跳。女售货员看上去明显地减了锐气,期期艾艾地说:"你——你——你想干什么?"鲍念友说:"我想要回我的火腿。"女售货员说:"我不是说过了嘛,火腿你已经拿走了。"鲍念友让她再重复一遍。女售货员愣了一愣,就又重复了一遍。鲍念友说:"很好,我现在可以告诉你,你今天如果不还我的火腿,我明天就让你卖不成火腿,你等一会儿,我先把蛐蛐叫来再说。"鲍念友扔下这句话,拉上龙晓青就走。他们刚拐过楼梯口,那个女售货员就擎着一根火腿追了上来,红着脸说:"这位大哥行行好吧，不要找我们经理了，他会把我撵走的。这是你的火腿，刚才是我不好，我不是故意的，我确实把你们误当成骗子了。"见鲍念友虎着脸不回声，她又使劲拽住龙晓青的胳膊："这位大嫂，你帮帮我吧。"（龙晓青听到她叫自己"大嫂"，心里感到别扭，想难道我就那么显老吗，真是眼色不济啊。）龙晓青接过火腿，说："你早这样不就好了，也省得我们发火，你回吧。"

路上，龙晓青问那个蛐蛐是谁，鲍念友说是这个商场的老板，一个月前曾因售卖三无商品被工商局罚了款，报社的记者还来拍了照，蛐蛐怕在报上曝光，天天跑报社"蘑菇"，就这么认识了。龙晓青问那些照片怎么样了。鲍念友说当然就不用再登报了呗。龙晓青说："这样好吗？"鲍念友说："都是一些可上可不上的照片，报社总是有更重要的东西等待见报嘛，这个，你就不懂了。"龙晓青认真地看了鲍念友一眼，说："你发火的样子还挺吓人啊。"鲍念友笑了。鲍念友心说我能吓住哪个啊，我只能吓住我自己罢了。他也看了龙晓青一眼，龙晓青走在路上，看上去更像一个成熟女人，她的小腿和脚步都很有力，她走路的姿势使他想起前妻，前妻走路的姿势也是这样，不过和前妻生活了那么多年，他们还从未一起出来散过步呢。但是前妻的小腿没有龙晓青的小腿有力量。今天龙晓青没穿裙子，如果穿了裙子小腿就会更美。不知不觉中他的眼光又从龙晓青的小腿移至她身上，她的身体上的其他部位，他的意识再次停滞。一辆车从身边驶过，汽车里的人，有点面熟，因为那辆驶过的车突然停下来，又往后倒了倒，这是他事后想起来的。里面有人这是肯定的，至于是哪个却不清楚，蛐蛐？宫社长？

要么就是市政府里的谁？……算了算了，反正许多人都认识自己，不去想了。

渐渐地，双休日两个中午的饭龙晓青也自告奋勇地承包了，还一个劲地声称不加工钱。有一次电炉子打不着，龙晓青拿了一张报纸去隔壁邻居家引火，回来时火烧了手，呀的一声扔到衣服架上，把鲍念友的夹克衫烧出两个拳头大的窟窿。龙晓青用自己的钱，为鲍念友买了一件鸡冠红的西服。鲍念友说："我都四十六了，这种颜色的衣服怎么能穿出门去呢？拿去给你的男朋友穿吧。"龙晓青急得哭了，抽抽噎噎的，坐到一边去。鲍念友忙上前说好话："好好，我穿就是了，我穿了还不行吗？"

一个星期六，龙晓青没有来，鲍念友感到自与前妻离异以来从未有过的寂寞。晚上黑咕隆咚地瞅了一夜天花板。第二天一早，龙晓青来了，鲍念友顾不得问她为什么昨天没来，满面笑容地迎她进来。

龙晓青说了一句话，鲍念友几乎不相信是自己亲耳听到的。龙晓青说："我怀孕了。"

五雷轰顶。鲍念友的耳膜里响起前妻要跟他分手的声音。前妻的声音和龙晓青的声音交响在耳膜，笑容变成瓷器，从鲍念友的脸上訇然滑落，鲍念友被这个声音击中了灵魂，他的灵魂受伤扑地。现在也看到了自己的躯壳变成了一张底片，底片在暗室外面曝光，一切都不再真实。包括龙晓青和她的声音。龙晓青变成了一尊石膏像，而她的声音变成了一片模糊的色彩。

"学校不要我了，"她的声音说，"可以住你家一段时间吗？"

转眼到了七月,儿子顺利地考取市"重点",龙晓青要回家去。龙晓青的家在遥远的皖南腹地,那儿盛产山芋和油菜,山芋和油菜生长在雾茫茫的大山间。鲍念友问她:"你回家后干什么?"龙晓青说:"不知道。"实际上她想到了下田,赤着脚,披着蓑衣。鲍念友问:"你肚里的孩子怎么办?"龙晓青说:"不知道。"实际上她想把孩子生下来,但又怕父母打杀她。她知道父母那儿有一个好名词,足以使她没有为自己辩护的理由,这个名词叫作伤风败俗。鲍念友说:"你能不能不回去?"龙晓青就没走。

丁之胜得知王副市长曾是化工厂的厂长,想必对两年前的那次事故一定会有印象,就托平平代为打听一下辛淑娥一家的情况。下次见面时,平平眼圈儿红红的,对丁之胜说:"爸爸发了脾气,让你不要再管这件事。"丁之胜不解地问:"为什么?"平平说:"我也不知道为什么,反正爸爸不要你管你就甭管了呗,爸爸真的很生气,让我劝劝你,辛淑娥一家的事到此为止,否则会对你不利的。"丁之胜说:"这我就更糊涂了,你爸爸为什么如此忌讳这件事,是不是这里面有什么你爸爸不愿提起的东西?"平平有点不悦:"我不喜欢别人以这样的口气谈论我爸爸。"丁之胜说:"你没见过辛淑娥,如果你见了她,你就会相信我是对的。"平平说:"这不可能。别的我不知道,我只知道爸爸的工作是有口皆碑的,他从没出过什么错。"丁之胜说:"我的意思不是说你爸爸一定有什么错,也许那根本就是别的领导的事,也许那纯属一次意外,是操作方面的问题,我的意思是说辛淑娥一家确实很可怜。"丁之胜心想：难道辛淑娥是信口胡诌、无理取闹？在这个问题上，在王副市长与家属工辛淑娥之间，恐怕只能有一个人是正确的。而他宁可相信后者。他想有一个身影我特别特别地熟悉，那便是母亲的身影。如果谁对他说：那个身影是虚幻的、毫无意义的。那么他该作何感想呢？平平打断了他："求求你不要再提辛淑娥了好不好？爸爸不让你管这件事，自有他的道理，你何必去较这个真？"

这使丁之胜想起大学时自己一向崇敬的哲学老师常说的一句话：真理往往掌握在少数人手里，但绝对不会只掌握在一个人的手里。当时他觉得这句话有些费解，现在想起觉得分外有趣。他似乎看到了平平所在的家庭的写实画面：一个高高在上的尊者和一群顶礼膜拜的信徒。"可我不这么认为，亲爱的人儿，"丁之胜在心里说，"直觉告诉我，至少在对待辛淑娥一家这件事上，你的爸爸——王副市长是错误的。"

在这个星期的最后一天，报上刊登了三幅辛淑娥在市政府门口上访受阻的照片。照片说明是：

化工厂家属工辛淑娥的丈夫和儿子由于两年前的一次爆炸事故而一死一伤，迄今未得到妥善处理。据悉，这是一次直接领导责任事故。关于这次事故的详细背景，本报将做连续报道。图为受害者家属辛淑娥上访受阻的情景。（摄影报道：本报记者丁之胜）

这张报纸一出，立刻被抢购一空。各个发行点纷纷来人来电话，要求加印。街头巷尾，到处都是关注化工厂事件的热心读者。辛淑娥的名字一夜之间走进了千家万户。化工厂和辛淑娥成了全体市民的一个热门话题。

奇怪的是市里却一直没有反应。

宫社长开会，高度赞扬了丁之胜的做法，要求记者部大力支持丁之胜，争取在一个月之内，拿出一篇有分量的东西来。

鲍念友忧心忡忡地说："王副市长当时在化工厂当家，这不是明摆着跟王副市长过不去吗？"

宫社长说："在这个问题上我们必须统一认识，步调一致，全社一盘棋。要有敢于说真话、敢于揭露事情真相的勇气，而不是缩手缩脚，前怕狼后怕虎。对于问题，不管是谁的问题，我们都应该敢于揭露，这也是中央的精神嘛。当然也要讲究策略。只要我们言之有据，掌握住分寸，把握住火候，就不会出什么乱子。我可以负责任地说，出了乱子我兜着，大家不必担心。"

鲍念友和女大学生的事很快被传得沸沸扬扬，经过渲染，越来越生动，越来越带劲。宫社长最先听到这个消息的时候是在王副市长主持的全市企事业单位精神文明务虚会上，他当时的第一个反应就是：这是一个陷阱，说明有人已经准备向报社发难了。市委宣传部的一个副部长直言不讳地问："宫社长，这件事想必你应该早就耳闻了吧？听说这位风流人物还是你们的记者部主任，不简单啊。请问你们是否准备将这位记者部主任拐骗女大学生的事曝曝光？"宫社长说："对不起，在你提起这件事之前，我的确对此一无所知。是否属实有待查证。事情未调查清楚之前，本社长无可奉告。"

王副市长始终没朝这边看一眼。

宫社长回来后即找鲍念友了解此事。鲍念友大怒:"岂有此理,这是诬陷!这是捏造!这是血口喷人!我要把他们送上法庭!"宫社长说:"鲍主任,我也希望此属子虚乌有,你再好好回忆一下,看是不是遗忘了某些细节什么的。不管发生什么事,你都要对我开诚布公,预先给我透个实底儿,然后我们再一起想个解决的办法。"鲍念友如吞下一只活苍蝇:"宫社长,你信不过我?"宫社长笑笑:"这倒不是。那个女孩叫什么?"鲍念友皱皱眉头:"龙晓青。"宫社长说:"她是否真的有了身孕,被学校开除了?"鲍念友沉吟道:"嗯,确有此事。她年轻幼稚,被人欺骗了。这事是在学校里发生的。可她现在坚持要把孩子生下来,我能怎么办,赶她走?去他妈的,他们愿咋说就咋说好了,赶她走,我办不到。"宫社长上前拍拍鲍念友的肩膀:"我懂了,老鲍,是个真男人,我佩服你。"

宫社长接到副市长王道君的秘书打来的电话,说王副市长一向非常支持报社的工作,今后还要继续支持,以后遇到什么困难就找他。宫社长说,多谢王副市长的关怀。过了一会儿,同一个声音又从话筒那端传了过来:王副市长很赞赏宫社长的魄力,希望能早日一见。宫社长说:"欢迎王副市长有时间到报社来指导工作啊。"

但是接下来发生的一连串事情,却十分蹊跷——报社的车在外面莫名其妙地一起违起章来:闯红灯、走单行线、轧双实线、超速驾驶、没有系安全带、门徽模糊、后厢放大号不标准……而据车队反映,他们的车在被扣的时候,听到最多的一句话是:"扣的就是你们报社的车!"水电开始不正常。微机房的操作人员刚排好版的文件来不及存盘,突然断电,所有的文件全部丢失,前功尽弃。激光照排系统陷于瘫痪。暗室里无法洗印照片。如不及时恢复正常供电、给水,报纸将不能如期出版。

各部室负责人齐聚社长办公室,等社长决断。

宫社长一连给王副市长办公室拨了十几个电话,得到的都是同一个回答:王副市长正在会见重要客人,请勿打扰。

宫社长扔下话筒:"那么好吧,我们就打的,到省城的报社去制版印刷!"

平平打电话找到丁之胜,要他马上去一趟。

丁之胜心说这是他们相识以来,平平头一回主动约他。

一见面,平平就高兴地说:"告诉你一个好消息,咱俩的事爸爸同意了。"丁之胜说:"这么快啊?"平平说:"怎么,难道你不高兴吗?"丁之胜说:"我只是没想到来得这么快。"平平说:"今天晚上你还有事吗?"丁之胜说:"是啊,得加个班写两条消息,明天的头条和报眼都给我留着呢。"平平说:"你们部里就没有其他人了吗?"丁之胜说:"你以为啊,他们比我要更忙。"平平说:"忙什么,听说你们那儿的主任骗了一个女大学生,还奶奶似的在家里养着,是吧?"丁之胜说:"你听谁说的?那是造谣。"平平一撇嘴:"你怎么还会'为尊者讳'呀,这事谁不知道呀。爸爸说,别小瞧了你们报社,黑着呢。"丁之胜说:"你爸爸怎么能这么说话。"平平说:"爸爸为什么不能这么说?你知道吗,你们那个鲍主任跟百货商场的蛐蛐老板还有过一脚呢。当时蛐蛐不法经营,本来要给曝光的,不知蛐蛐给了他多少好处,他就把对蛐蛐不利的照片压下了。"丁之胜哈哈一笑,说:"嘿,你了解的情况看来还真是不少哇。"平平说:"怎么样,我说爸爸没冤枉你们吧?"丁之胜说:"那个蛐蛐的事幸亏我知道,不然可就被你的假情报给蒙住了。蛐蛐找过鲍主任不假,鲍主任也确实撤下了对他们商场不利的一组照片收了蛐蛐的几千元钱作为改版费,不过那是入了报社的财务的,而且是政策和纪律都允许的啊。"平平说:"你怎么知道得这么清楚?"丁之胜说:"不瞒小姐你说,那一组照片还是出自本人之手呢。"平平佯作嗔态说:"贫嘴,怎么什么事也少不了你啊。"丁之胜说:"那是我的工作嘛。"平平说:"咱们言归正传,今晚你就不能忘了工作,好好陪陪我吗?"丁之胜想了想说:"也行,反正腹稿已经打好了,明天一早赶出来没问题。"平平说:"今天晚上,咱们两个得好好庆贺一下。"丁之胜问:"就咱们两个?"平平点点头:"就咱们两个。"

　　两个人在由市政府招待所改建的"风雅楼"跳了大约一个小时的舞,然后要了一瓶金奖白兰地,进了舞池旁边的情人岛。紫红色的光线柔和而亲切,置身其中有如清水淡雾,没有风,却感受到气的流动,没有花,却感受到芳香袭人。空间和时间都被浓缩了,丁之胜觉得从未有过的激动。心跳的声音使他的激动暴露无遗,他为此深感赧汗。好在平平正一心一意地倾听随光线飘来的乐声,那专注的神情简直可以使你想起陈逸飞那些著名的怀旧油画来。平平是美丽的,他想。

丁之胜本来想给平平要一听软饮料的,平平却执意要同丁之胜一起喝白兰地。这可是名酒,她说:"为什么不让咱们俩一起分享?"她先替丁之胜斟了溜满的一杯,然后又为自己斟满。丁之胜感到很意外,对着酒杯愣了片刻,听到平平充满激情的声音:"这是我第一次喝酒,所以要喝出个样子来,我讨厌那种在男人面前表白从不沾酒的女人,你知道吗,事实恰好相反,她表现得越是纯洁无瑕,她就越是难做人,她的内心就越是矛盾,别不别扭呀。我爸爸最反对女孩子喝酒了,我也一向最听他的话,但今天和你在一起,我要走得远一点,因为这是我们的第一次啊。"丁之胜看到平平的目光散散漫漫,映着舞池五彩缤纷的光线,在他的身上缠绕,心里不由得一阵滚烫,手掌跟着热起来。他端杯跟平平的杯子碰了,头一仰下了一半。平平坐到了丁之胜身边,说:"一碰俩,你先把这杯干了。"丁之胜喝掉剩下的一半,平平也随之一饮而尽。这次丁之胜抓过瓶子,把两只杯子都斟满,说:"真是好酒。"干了一杯。平平也干了。

丁之胜拉住平平的手,一直拉到自己怀里,紧紧抱住。平平伸手揽住他的腰,嘴里叫着"我亲爱的人",身体轻轻颤动着。丁之胜捧住平平的脸,说:"再来一杯,我们。"去抓酒瓶,才发现里面已空了。平平说:"为什么不再来一瓶?"丁之胜说:"那好,就再来一瓶。"

喝完最后一杯的时候,丁之胜抬腕看表,差一刻就12点了,便说:"走?走吧?"平平说:"我在康乐不夜城订了一套房间,咱们去那儿吧。"丁之胜说:"太好了,我们这就去。"一出风雅楼,平平就吐了。丁之胜忙不迭地给她捶背,平平感觉好了些。丁之胜嘟囔了一句这酒后劲挺大,也蹲在地上哇哇乱吐起来。

两个人在市中心的康乐不夜城过了一夜。平平是个处女。丁之胜觉得平平的睡态美极了。

早上醒来,丁之胜到洗手间胡乱抹了一把脸,就坐在写字台前忙起他的消息来。平平从后面搂住他的脖子,带着鼻音说:"别再费那个傻劲了,爸爸说了,像你这般有才华的青年,在报社里当记者简直等于浪费生命。爸爸准备把你调到他身边做秘书呢。"

丁之胜一下子跳起来:"什么,谁允许他这样干的!"

龙晓青对鲍念友说:"我好害怕。我有个预感,我觉得我会死的。"说话间就有落泪的意思。近来龙晓青泪流得特别多,什么时候都有可能静坐一边,悄悄垂泪。鲍念友又心痛,又苦恼。龙晓青身体上的每一丝变化,都逃不过他的眼睛,自从龙晓青在家里住下以后,她的身体就开始起着变化,先是变得肥胖,腰围越来越大,脚面越来越宽,腿越来越粗,使她的行走成为一种负担。往后便是一天天地苍白、羸弱、多病,鲍念友印象最深的是龙晓青短短一周的时间休克三次,感冒一回,有两次休克碰巧他下班回来给撞上了,直愣愣地躺在地板上,差点儿没把他也弄成休克。打的送医院,一针又缓过来了。有一次在上午八九点钟,家里没人,龙晓青就那么一直躺到12点,火辣辣的太阳照过来,热了她一身的汗水，人就给燥醒了。起来后，浑身上下没有一根骨头不发凉，继而患上感冒，几天不见好转。鲍念友又送她去了医院，结果他被医生好一顿臭骂："你这个当丈夫的怎么搞的，想让你老婆得风湿。害死她啊？看你的年纪也有一大把了，怎么连这点起码的常识也不懂啊！"龙晓青却感激地流泪看着他，说不出话。

当然经常就遭遇了熟人，他们看鲍念友的那种眼色无疑充满了某种高尚的物质。唯其高尚，所以他们甚至不屑于用语言。语言是一种声音，而眼色是一种光线，光线的穿透力之强，是为搞摄影的鲍念友所熟知的。当他和龙晓青被凝视的时候，他能解读这凝视的含义。迎着这样的凝视，他甚至有了一种勇士舍身堵枪眼的感觉。很好。

鲍念友说："晓青你不要胡思乱想，胡思乱想对你的身体不利。我敢保证，一定平安，什么事也不会发生。"龙晓青说："我很坏，很可耻，是吗？"鲍念友说："你是一个好姑娘。你没有错。"龙晓青的眼睛再一次湿润："我真的好想活下去……"鲍念友说："不会有事的，你要放心。"龙晓青说："你……讨厌我吗？"鲍念友说："傻姑娘，怎么会呢？"龙晓青说："那……你爱我吗？"鲍念友说："爱，你是一个好姑娘，谁都会爱你的。"龙晓青把眼睛睁得大大的："如果我能活下来，还能住在你家吗？"鲍念友说："那也是你的家啊，你想住多久就住多久。"龙晓青说："你要教我学摄影，你早答应了人家的。"鲍念友说："我记着呢，我记着呢。"龙晓青迟迟疑疑地说："我会生个男孩，还是女孩，你猜。"不等鲍念友开口又说："你已经有一个儿子了，如果我生个女孩,你一定会更喜欢的……"

鲍念友想俯身去吻龙晓青的额头,半路停下,伸出手替她理了理头发。

丁之胜从化工厂出来的时候,看见路旁泊着一辆崭新的"蓝鸟王"。他穿过公路向停车点走去,突然发现这辆车的号牌被故意遮盖起来了。轿车门窗玻璃上阻光性极强的茶色装饰纸使他无法看清里面的内容。他注意到有三五成群的乘客从后面远远地走来,公共汽车应该马上就到了。就在这时,轿车的两个门同时无声地开了,三个戴墨镜的家伙扑过来,一阵拳脚之后,他已被打翻在地。他们从他身上抢去相机,粗暴地砸向路面,最后扯出里面的胶片,恶狠狠地把相机摔进公路下的水沟。丁之胜从地上爬起来,只看到公路尽头的一个小黑点儿。

丁之胜已初步查明王道君副市长在任化工厂厂长期间的一系列重大经济问题,并连夜赶出了一篇万余言的调查报告,交给宫社长。宫社长看罢,沉默良久,起身将报告锁进保险柜,说:"写得很好,材料翔实,凿凿有据,看得出下了大功夫,但基于种种考虑,目前我们的工作只能做到这一步了。这些材料只能当作内参上报,不宜见报。"丁之胜脱口问道:"宫社长,这究竟是为什么,这个调查报告不是你同意搞的吗?报纸上都发了预告的啊。"宫社长摆摆手:"小丁啊,我们报人必须以政治需要为原则。你毕竟刚参加工作不久,还年轻,缺乏政治经验,这也是正常的。不过要懂得,凡事都要讲究一个度,这个度不能过,过则走向反面,所谓物极必反嘛。在这类事情上，有时要多学学老同志，比如你们鲍主任，他对这类事情的把握就好一些。他虽然迟钝些，但对原则问题他基本上还是旗帜鲜明的，这也正是他的可贵之处。对了，你代表我，也代表你们记者部，去医院看望一下鲍主任，看看他有什么困难没有。听说他收留的那个姑娘生了。"

星期五，晚上突然恢复供电给水，许多楼层由于水龙头没关好，致使整个报社大楼跑水，幸亏值班人员发现及时，才没有造成严重后果。宫社长获悉此事，紧急通知各部室负责人，要求报社全体干部、记者、采编、后勤人员星期六义务劳动一天，突击整顿报社大楼内外的卫生。除鲍念友陪龙晓青住院生产未能前来、丁之胜请了病假之外，其他人全部出动。恰逢省委副书记来本市视察，在王副市长陪同下来到报社所在地，目睹报社星期六义务劳动的壮举，顿生感慨，临时召开了一个观摩报社社会主义精神文明建设现场会，并留墨宝表彰，号召全社会都要向报社学习。

好事从来成双。鲍念友的事迹上了报纸的星期刊。鲍念友在女大学生受骗怀孕、走投无路的情况下顶着世俗的偏见，忍辱负重，伸出关爱之手予以收留照顾，是一种见义勇为的行为，是新时期的活雷锋，是社会主义精神文明建设的标兵和楷模。

报社遂被评为市社会主义精神文明建设先进单位，然后是隆重召开大会，奖给报社"尼康F5"进口照相机一台，中式匾额一块，锦旗一面。

人事调整要晚一些。大约四十五天之后，也就是龙晓青出了月子十五天之后，宫社长宫兆学离开报社，任市委副书记，主管新闻宣传。丁之胜在采访过程中与人斗殴，将报社的"尼康F4镜头"摔裂，损失巨大而又拒绝做检查，扣除一个月工资，调离报社，档案关系交市人才交流中心，重新分配工作。众望所归的记者部主任鲍念友被任命为新一届社长。鲍念友对此结果感到很满足。唯一遗憾的是龙晓青没能如愿生一个女儿，而是生了一个儿子，并且没活下来。

99 大学笔记

这个世界越来越令人难以捉摸了。

谁能想到,尹先生要招收两名古典文学博士生,欧阳怿居然成了我的竞争对手。

最近一年零几个月以来,政治辅导员欧阳怿一跃成为全校的知名人物。他的知名多半是因为他的好运气。你瞧,不是任何人都可以在省里找到了一个身居要职、未出五服的同姓伯父的,而他就找到了这么一个头上套着光环、权力炙手可热、地位显赫的姓欧阳的伯父。他的腰板便骤然硬朗了许多,而且他成了全校唯一有小汽车的教师。他的三厢式红色夏利像游弋于苏州留园里的红鲤鱼一样雍容华贵,在大学围墙内笔直幽静的甬路上快慢由之,极尽风光。不知是否因了与他那位伯父的关系,欧阳怿起初没有驾照,也能在路上奔驰。有一次在市中心被执勤交警拦住了,当时还没有"无证驾驶要被拘留"这一说,交警就准备扣他的夏利车。他屁股都没挪窝,只是很同情地看了近前的那个交警一眼,拧着鼻子说:"何必自找麻烦呢,你们扣了我的车,你们的队长再送给我,还要赔礼道歉请我吃饭,有什么意思。"

交警不敢怠慢,立刻往队上通电话。队长果然让放行大吉。这么一来,凡是本校汽车在本市被扣,再也不是什么叫人牙疼上火口舌生疮的事了,找欧阳怿关说准行。

这么说吧,我和欧阳怿之间本来不存在任何意义上的竞争。

他大学毕业后马不停蹄地干了十几年政治辅导员，对本专业的知识已经相当荒疏了，而且这期间也未见他有片纸只字可称得上学术论文的东西发表（实际上他根本不好此道）。作为大学的同班老同学，毕业后又在一个系里做了同事，我们的交流并不算多，这恐怕主要是因为他搞的是政治而我搞的是学术。如果有了在一起聊几句的机会，也总是他打着哈哈笑我。我想他笑我是因为他觉得他自己有这个资格。这个资格从我们做大学同学的时候起就像勘定国界那样固定下来了，类似于国与国的"最惠国待遇"。这"最惠国待遇"既然已经固定下来了（并且在我看来也确乎无伤大雅），我也就没有试图改变原有的态度，也就是说我仍然默认欧阳怿的这个资格，因此欧阳怿笑我的时候那口气也就显得很轻松、很愉快、很"到位"。他习惯性地鼻孔一张，说："你都三十往上数的人了，还不抓紧研究几本弗洛伊德尝尝做男人的味道，更待何时？曹孟德说人生苦短，本先生说青春一去不复返，万一出个什么意外与世长辞了，岂不白活了一场。"

当年我考尹先生的硕士研究生时，他便断定此乃慢性自杀，说在世界由20世纪90年代向21世纪迈进之际，再煞有介事地跟那个快要被历史扔进故纸堆里的老夫子坐什么冷板凳简直就是逆历史潮流而行的反动，然后顺便不无恶意地臭了尹先生一通。欧阳怿在任何尹先生不在场的场合都有可能臭尹先生一番，一则表示他对满腹经纶的尹先生"不感冒"，二则表示与尹先生"井水不犯河水"。这时候他的鼻子从鼻梁上方开始皱了起来，露出了两个黑而多毛的鼻孔。我不置可否地笑笑。我笑是因为我想到人各有志,想到我今生除了读书写文章也许真的干不了别的。我内心也的确喜欢这样的生活,我为阅读中的每一个新发现而激动,为每一篇散发着墨香的新发表的论文而兴奋。多少年来,这已经成了我的习惯,像吃进肚子里的饭菜被身体吸收后渗透进我的肌肉一样成为我生命的一部分。所以我就毫无掩饰地笑了。欧阳怪品出了我笑里面的内容,脸上就大人有大量地露出不可救药的遗憾来,说:"没治了呀你,没治了。"

而今此公突然就宣布要以"同等学力"考尹先生的博士生并与我竞争,真乃平地惊雷,不仅令我大为诧异,且使系里系外认识或熟悉他的老师感到匪夷所思。

偏偏他的态度又非常坚定,自信得了不得。

一般说来,在某个生活的圈子中一个人对于另外的人会形成自己或好或坏的印象,这在很大程度上影响甚至决定了两者之间的关系,而一旦有了坏印象就很难再改变。比如一个人要烦另一个人,往往是从第一印象开始的。尹先生对欧阳怪的印象糟糕透顶。那时尹先生给我们开古典文学课,有一回讲到东晋陶渊明的《桃花源诗并记》,先生希望有人根据他的讲授思路指出其中更深层次的寓意。全班同学见仁见智,讨论热烈,团支部书记欧阳怪不甘人后,自告奋勇地站起来发表意见,说:"这首诗可视为中国旅游文学的开山之作。"

尹先生眼镜几乎都要跌下来,左右摇着头说:"旅游?什么旅游?难道会出现'不知有汉,无论魏晋'的旅游吗?谬矣远哉!

谬矣远哉！"

欧阳怿不服气尹先生阶级分析的观点，理由是：那陶氏虽不肯"为五斗米折腰"，但是推而论之，如果给他十斗米，甚至五十斗米呢？他还会那么固执吗？肯定不会。他再那样固执，就只能说明他是一个地地道道的白痴，说不定他为了五点五斗米、六斗米就可以折腰。这样没有立场的人除了满脑子旅游消费的事，怎么能产生出什么反君主专制的思想？所以不该说他"谬矣远哉"，而是应该像子曰林放那样的"大哉问"了。

尹先生的头摇得更厉害了，非常吃惊这样的人如何也会上大学，即令时过境迁到了现在他也是这个看法。他觉得以欧阳怿的思维方式和做派，根本就不应该待在学校里，出去当经理做老板正合适，既能增加个人收入，又可增加国家税收。待在学校不独显得不伦不类，而且对国家和他个人来说都是一种莫大的浪费。他相信欧阳怿不属于做学问的那一类人。他心想欧阳怿要是可以读博士，那么全世界的人都可以读博士——虽然在通常的意义上，任何人都可以做学问。前些年就有报纸说某某省有个高中毕业的养猪姑娘靠自学闯进了纽约联合国总部做英汉同声传译，又有某某省的一个汽车驾驶员靠自学成了某高校的文学教授，就足以说明学问是不分阶级的，只要愿意，谁都能学有所成当上学者成为专家。但唯独欧阳怿不行，尽管他如今也开起车来。欧阳怿可以是暴发户，但不可以做学问。但他没有这么说，只是说："我的博士生得有个原则：要具备相当的科研能力。看一个人有没有科研能力，文章是个很重要的砝码。"又说："要做到公平竞争，名副其实,关键还得看文章。"

欧阳怿听了拧着鼻子哈哈一笑:"关键还要看谁要考呢。老先生以为我是谁呢,我可不是尹晓军。"

尹晓军是尹先生唯一的儿子。中文系早就有句打油诗,是说尹先生和晓军的:

尹先生辣,尹先生辣,

尹先生的学问就是辣,

尹先生从来不怕辣,

学问辣来辣不怕,

就怕马桶要用水,

还有儿子抽大麻。

考虑到行文的需要和真实性的目的,我们在此没有必要为尊者讳,何况我们接下来的叙述也实在是无伤大雅的,因为许多可敬可亲的长者都有可能这么做。这既与我们现在的国情有关,也与我们的传统文化有关。尹先生多年来已经养成了不在家里上厕所的习惯,没课的时候,一般是不到系办公楼去的,要是去了,八成是要用那儿的厕所。尹先生最重养生,坚持每天早晚各大解一次,小解数次。他认为肠胃里的东西经过高温发酵和身体吸收最后已经转化成许多带毒的物质,若不及时将其排出体外,则害莫大焉。小解也是不能憋的(道理同上),一旦有了尿意就要争分夺秒地解出。所以尹先生对前一个阶段社会上盛行一时的饮尿有益说不独嗤之以鼻而且深恶痛绝,认为这是披着科学外衣的可耻的伪科学，应该予以揭露。这是一个原因。另外，在家里上厕所，很容易超出学校规定的用水限额（那时还没有商品房一说，教师的住房是公用房）。多用了水，就得多交水费，这是尹先生所不愿意看到的。很难说尹先生是一个对金钱吝啬的人，事实上不管在什么年代他都未把金钱看得过重，他只是珍惜手中的金钱。而他现在对金钱如此珍惜，完全是为了晓军——我的老同学。

我们这就说说晓军。晓军母亲在世的时候，曾请人给晓军测过八字，还算了卦，好像是一个贲卦，大致说晓军心浮气躁，感情用事，又无定性，注定晚景凄凉，云云。尹先生对此只当作村夫狂言一笑了之，但事后常常就寻思起这番话来，越寻思越觉得村夫狂言竟有着三分道理。也就是说，他已预感到要为晓军担一辈子没完没了的心事。

尹先生为让晓军留在系里没少费心血。学校对身边无子女的教职工有照顾一个留校名额的规定，晓军又是大学毕业，按说留系做教师是一件水到渠成再自然不过的事。尹先生原来也是这么想的。问题是由于热衷热热闹闹的社会活动与涉足爱河，过多地分散了精力，曾任一班之长的晓军从大二开始一路滑坡，学习成绩每况愈下，没法儿交代，以致不得不中途换马撤了他的班长职务。最后的情况是：晓军留校从事非教学工作可以，若留系则嫌水平不够。而且这一年学校下达的留系名额只有两名，其中因为我的学习成绩优良而欧阳怿一直做班团支部书记（系里当时正缺编一个辅导员），已经初步确定我进教研室做教师，欧阳怿做政治辅导员。如果再需要有人留系也只能依照学业成绩而定，排名几乎是殿后的晓军是没有多少转圜余地的。在这种情况下，晓军留校后就只有分到校劳动服务公司之类的单位这一种可能。那种地方虽然不至于干体力活，但总比不上在系里做教师体面和清净。你留在了系里，说明你业务好能力强，人家格外高看一眼；反之，如果分到服务公司，就说明你是一个一无是处的混子，明里人家不说，背地里很是让人瞧不起的。要么出去闯，有多大能耐使多大能耐；要么老老实实在里面做学问，因为这个地方叫作大学。就是这么简单。

尹先生很生晓军的气，有心不管他，随他怎么样都行，谁让他不知道自爱了。可是，转眼熬到了六月底，分配方案马上就要出来了，尹先生还是憋不住，问晓军打算怎么办，晓军倒很干脆："要么留系，要么离开学校，坚决不去劳动服务公司。"

尹先生通过系领导，终于另外要了一个名额，把他留在了系里。

时下大学乃一方圣土，教师是最好的职业之一，用尹先生的话说是"比较纯洁，日子干净，挣的钱干净，人就容易干净"。加之政府刻意推崇教育的重要地位，方方面面的优惠政策制定了不少，与社会上其他企事业单位相比优越性是显而易见的，可谓人皆向往之。可是晓军不懂得珍惜这个。晓军、欧阳怿和我虽然同时留在了系里，结果却走上了三条各不相同的路：欧阳怿搞政治，我治学，至于晓军呢，则渐渐成了一个游手好闲的人。尹先生曾想以耳濡目染的方式把晓军培养成自己的研究生，当初晓军留系时他对系里也是这样解释的，说把他留在身边，留在本系，或可带带他，让他跟自己多学些东西。但事实证明儿子无此志趣，倒是与工于心计、八面玲珑的欧阳怪挺有共同语言，有事没事混在一起。欧阳怪经常做东，邀晓军一起下酒馆，喝得烂醉如泥，有几次居然连上课都给耽误了。按学校的说法，这是一个严重的教学事故，是要通报批评并停职检查的。尹先生及时做了工作，才以晓军向校系交了书面检查了事。尹先生耳闻欧阳怪这么做可能抱有什么目的，就多次劝晓军不要再跟欧阳怪掺和在一起了，既然做了教师，就应该集中精力备课讲课，有了空闲时间不如多读几本书，丰富一下自己。哪知晓军又非常固执，无奈，只好由他去。

现在需要提一提我们的"虞美人"了。

"虞美人"就是于玫，我美丽的同班同学，后来成了晓军的妻子。于玫刚进校不久就被称为"虞美人"了。当时我们全班30人，有十三名女生，几乎个个长得清秀可人，好像全年级的女生都集中到我们班来了。欧阳怪给全系女生打分，其他班的女生很少有满80分的，而给我们班十三名女生的分值88分一直到100分，充分说明我们这个班"美女如云"。其他班的男生很眼热，经常有事没事地往我们这儿跑，所怀目的自是不言而喻。但我们班的女生对身边十六名虎视眈眈的男生（因为前面所述的原因我已除外）而言已是"狼多羊少"，岂容他人再来染指？形势如此严峻，先下手为强，更兼近水楼台的地利之便，于是，除我之外的全班男生不失时机地向女生们展开锐利攻势有声有色地恋爱起来。女生们在智勇双全、亦狂亦痴的男生面前纷纷"中箭"，当了俘虏。

得100分的,是被誉为"虞美人"的武昌人于玫。饮武昌水长大的于玫面孔也像美丽的武昌水,白皙、明亮,使人联想到宝石、细瓷、蛋清、珍珠和雪花纷飞的天空。身材颀长的她喜欢穿深色的衣服,从容不迫地走在校园开满梧桐花和栀子花的甬路上。她的脚步如同她的目光,亮丽而矜持。大二那年,五月的一天,我百无聊赖地趴在宿舍楼走廊一端的窗户上往外看雨,无意中看见她从远处的如琴湖畔款款走来。在这样的天气,那距离超出我的视野,但我还是毫不费力地认出了她,并感到那一袭黑色的风雨衣被细烟般的微风吹拂,依稀发出悦耳的沙沙响声。她的步态轻盈如梦,每一步都像和着我的心跳踏在我的心头。我的眼睛像接通了电一样大放光芒,这使窗外的雨幕顿时变得蝉翼般透明起来。在我的眼前,于玫像出自一个高明的摄像师之手的特写镜头,清晰而真切,她的眉毛、唇线、耳朵的轮廓、额头湿成一缕缕的乱发都一览无余地进入了我的眼底。我像一条干渴的鱼儿气喘吁吁地吸吮扑入眼中的美丽。突然,我注意到她的眉宇不知为何微微一蹙,我的心也随之收紧,然后她的身影无声无息地经过,简直是一朵花儿或一只鸟儿在水上任意地漂。

她是花儿,或鸟儿,或是雨的精灵吗?我想。

秀外慧中的于玫是全班女生中学习最好的一位。她的认真、勤奋和忘我在男生当中也是极少见的,特别是英语更是谁也比不了。我们这些非英语专业的学生最怕的就是听力了,于玫就不怕,她可以直接听外文广播,听 VOA,听 BBC,听 Radio Beijing,因此,理所当然地做了班级英语课代表,而其他课的课代表都是清一色的男生。于是她成了我们班两个最重要的人物——班长尹晓军和团支部书记欧阳怿——所倾慕的对象，结果英俊潇洒的晓军取得了胜利。本来于玫是在尹晓军和欧阳怿之间犹豫不决的（据说尹晓军的优势要大一些，因为除了已知的情况以外，尹晓军的模样生得多少有一点儿像她的弟弟，而她只有一个弟弟），但是欧阳怿为了一劳永逸地得到于玫而错误地采取了先入为主的策略，企图将于玫灌醉后占有她，所幸于玫在最后一刻清醒过来。欧阳怿这样做的结果是把她直接推入了晓军的怀抱。自此欧阳怿内心里恨起了晓军，暗暗发誓总有一天要报这"一箭之仇"。于是本来说非于玫不谈的欧阳怿面对现实也只好退而求其次，找了另一个分值稍低的女同学卿卿我我地恋爱起来，别人看上去倒也柔情蜜意如胶似漆，然而不知为什么一毕业就分道扬镳、各奔东西了。

　　由于不够婚龄和名额所限，毕业时于玫留校有一定难度。留校虽有一定难度，但并非不可为，不少遇到同类情况者都得到了令人满意的解决，关键是要善于跑动，现在的事情只有跑动起来才会乐观。从这个意义上说，也就没有办不成的事。何况尹先生是名教授，而于玫又是学习成绩名列前茅的。对于跑动，欧阳怿的解释是"密切联系领导"，他说留系当辅导员也不是没有阻力的，但他的跑动起了至关重要的作用。所谓跑动，这形而下的意思就是联络感情。至于感情如何联络，那关键要看你是否心诚，心诚则灵，而表达的最佳方式就是送礼和吃饭。晓军留系的事定下来之后，为了不至于和晓军分开，于玫指望尹先生利用自己的影响进一步"密切联系领导"，使她也能留在系里。晓军也是这个意思。

没想到尹先生并未积极活动，结果她被分到了武昌老家的一所码头中学。根据事物之间互相有着潜在联系的原则，这个结果导致了后来她的弟弟的不幸。

尹先生没有积极活动，事出有因。解决晓军这个名额，基本上只是依靠系里的关系，由系里与校领导打交道，尹先生自己可以不必出面。但像于玫这种情况得尹先生亲自向学校开口，而素来不善交际的尹先生与校领导面熟心不熟。比如，有一年春节，学校搞团拜，几个主要校领导都来看他，跟了好多随从人员，一时没那么多茶杯和座位，怎么办呢？他只好兀自坐在沙发上，兀自沏了一杯茶喝将起来，既没让领导坐下来歇一会儿，也没有让领导喝茶暖一暖。领导很头痛很生气，出来后对尹先生之迂腐颇多微词，有些就反馈到尹先生耳里。尹先生只作一笑，觉得自己搞的是学问，对领导何必刻意巴结？又比如，一次学校领导发扬民主精神到中文系开现场办公会，要老师们畅所欲言，自由发表意见，以帮助学校改进工作。本来是走走过场的客套话，不可当真，尹先生却天真地当着各位领导的面着实直言不讳了一通，提了三条相当犀利的意见：一是当领导的迎来送往吃喝太多，是不是掏过自己的腰包，如果不是，是否也是一种腐败；二是学校近几年来连续在基建上投以巨资，听说许多项目的工程预算和实际支出相去甚远，这里面有没有校领导的问题，如果有，该怎么办；三是学校领导基本上都不怎么搞科研，一个高校的领导，特别是校长，无疑是高校的象征，不搞科研的领导怎么能领导好一个大学。弄得领导们很尴尬，好长时间都不敢再到中文系里来，对尹先生更是避之唯恐不及。现在情况出现了，尹先生再张口就有了难度。

不过尹先生有他自己的看法："学校有政策的，这种情况，到时候自然就以解决两地分居调入了，现在何必多此一举。"

尹先生所说的"到时候"，指的是他们结婚之后，也就是等到他们正式结婚之后，便可以光明正大地根据学校解决夫妻两地分居的政策调入。可真等到他们结婚时，正赶上学校新实行了岗位定编。原来各个单位都嚷嚷着人手不够，恨不得排着队工作才热闹，现在一夜之间突然发现有了太多的富余人员，特别是机关和办公室，简直就是人浮于事，若按学校分配下来的定编限额，有的单位得刷下五成人去。但是问题跟着就来了，谁去谁留绝不是开个会或下个文件就能解决得了的。"请神容易送神难"，让谁走都是一件很棘手的事。虽然平时大家常常牢骚满腹，巴不得学校早点儿垮了才好，但到了这关键时刻还真舍不得离开。学校的优越性也实在起来，谁想离开学校谁就是二百五，也就不配留在学校里——结果谁也不想走。但是既然文件都下了，迟早总是要照办的。根据文件里规定的条条杠杠，总有人要沾上一点边儿。于是就有人被宣布下了岗，于是被宣布下了岗的人就城府极深地回家稍事安排，然后就像上班一样准时在午饭的时间跑到领导家里若无其事地跟着吃饭。又在该吃晚饭的时候前来吃晚饭，饭后则是喝水吃水果看新闻联播和MTV，一直待到夜深了还不走，还有在领导家里客厅的沙发上过夜的意思，并且天天如此。领导（首先是领导的家属）便开始吃不消，便开始重新考虑让该同志下岗的决定是否明智。考虑的结果当然是不该下岗的，最后该同志又踌躇满志地上了班。鉴于这样的教训，学校也就不再坚持原来的做法。也就是说，各单位的富余人员可以暂不裁减，但有退休的、病故的情况时也不得再作补充，以此实现岗位定编的目标。尹先生从人事处得到这个消息，心里一下子凉了多半。

最令尹先生头痛的是，晓军对工作心不在焉，学会了抽烟酗酒，经常请了假去找于玫，有时候干脆不打招呼，放羊式，让学生自习，一走就是几天，回来又不好好备课，在课堂上信口开河、敷衍了事。讲现代文学不讲鲁迅，却把金庸扯进来大讲特讲，说郭靖和黄蓉应该结为秦晋之好白头偕老，黄老邪和老顽童应该学一点诗文和哲学，《射雕英雄传》应该得诺贝尔文学奖。学校派人去听他的课，他就说这一课要搞一个单元小测验，把来人撵走，然后把教室的门一关，开始评论学校的当权者是一帮庸才、蠢材，只知道读报纸念文件，根本不懂大学教育为何物。说如果让他当校长，他首先要宣布减少课时压缩课程，每月放一个星期的假使大学生有可自由支配的时间发展特长，而特长发展是社会进步的重要标志。这些议论被反映到校方，就有人找尹先生谈话，内容是关于晓军下岗的问题。

晓军说："我才犯不着下什么岗呢，这破工作想扔还怕扔不掉呢，早盼着这一天了，我这就写辞职报告。"

也未等尹先生说句话，晓军已经将辞职报告递了上去。

尹先生觉得辞职的应该是欧阳怿而不是晓军。欧阳怿早就有辞职单干的打算，一直嚷嚷着要辞职，说是辞了职不出三年就能成为百万富翁，还与晓军两个人在公开场合唱双簧，说总有一天要炒学校的鱿鱼，但到末了竟是晓军辞了职。有人告诉尹先生，欧阳怿让晓军走是因为怕晓军和他争系团总支书记的位置。晓军活动能力强，背后又有尹先生这棵大树，一旦一心一意地在系里认真干起来，对他欧阳怿是极为不利的。晓军一走，他便没什么威胁了。这是一种说法。还有一种说法，就是欧阳怿是在用他自己的方式，跟晓军打游击，最终目的是拿掉晓军，好接近于玫。尹先生对此将信将疑，但隐隐感到晓军的辞职与欧阳怿有关，是欧阳怿撺掇晓军辞了职。他要找欧阳怿问个明白，但晓军坚决反对。

"怎么说我也算是个成年人了，"晓军说，"我的事我自个儿做主，与他人无关，你不要疑神疑鬼地乱掺和。"

"可是孩子，你今后靠什么生活呀？"

晓军说："快把心放到肚子里好了。我说话算话，不会拖累你的。"

"这个，你跟小于商量过吗？"

"嗬，真新鲜，亏你还记得有个小于呀！你不提，我差不多都要忘了呢！"

尹先生重重地叹了口气。

辞了职的晓军先是做软件生意。在校园外面租了几间房子，挂起了"深蓝公司"的招牌，聘几个懂行的人，倒腾了一些软件什么的，间或给人组装几台计算机。由于自己不懂电脑，用人又不慎，往往是别人骗了他，他又稀里糊涂地去骗别人，公司很快信誉扫地。加之不善经营，出现亏空，不要说盈利，连税都交不起，因此只勉强支撑了十个月就倒闭大吉了。后来又迷上炒股,天天泡在证券公司。这个对他倒不难,上道很快,渐渐就有了些赚头。不料钱一多毛病也跟着多起来,先是高级烟、高档酒、名牌服装、高尔夫球,等对这一切都腻了,又从一个半路朋友那儿染上毒瘾,从此不能自拔。那股邪劲儿上来,好像灵魂出窍,身体不是自己的了,站不能站,坐不能坐,一边咬牙切齿地浑身抽搐,一边没轻没重地糟蹋东西。尹先生从系里上厕所回来,听到厨房里砰啪乱响,以为闯进来了歹人。走进去一看,却见晓军龟缩在墙旮旯里,把自个儿的胳膊咬得鲜血淋漓,屁股下面则是白花花一堆碗碟的碎片儿。

看到晓军生不如死的样子,尹先生老泪纵横。

尹先生说:"看在你死去的妈妈的分上,快戒了吧。"

晓军说:"你知道有一万只蚂蚁在你的骨髓里爬的滋味吗?我现在就是这样,你就是打死我我也不会戒的,我说话算话。要戒,除非你把我杀了!"

尹先生说:"那你也不能这样不知自爱啊!"

晓军说:"你现在知道关心我了是吧,你早干什么去了呀!"

尹先生认为这和他们夫妻分居有关,开始跑儿媳的调动。人事处说,尽管岗位定编不等于一个人也不进,不过进人条件要求十分苛刻,不是硕士学位以上或紧缺专业一般不再作考虑,除非校长特批。尹先生万般无奈,厚着脸皮给校长写了一封信,申请一个调入名额。没想到事情进展很快,不到半个月,调令就开出来了。尹先生高兴地陪晓军乘江轮到武昌接于玫。在码头,于玫还在上技校的弟弟特意赶来送行,大家一起上了船,在甲板上依依不舍地谈话,不知过了多久,船开了竟不觉得。及至马达隆隆响起来,于玫的弟弟才慌忙叫一声:"我要下去,姐姐再见!"然后拔腿就要往岸上跳。

尹先生说:"不好,小伙子危险!"

可是已经晚了。晓军、于玫拦也拦不住,人早一个箭步跑开了,跑到船边,一弯腰,铆足劲往岸上跳,不想一脚踩空,坠入江中。

于玫的弟弟再也没有上来。

于玫高喊着弟弟的名字,晕倒在晓军的怀里。

尹先生望着滔滔江水,暗暗叫苦:"作孽呀,真是作孽呀!"

尹先生还有一个女儿,尹小莉,是个离婚女人。与儿子比较,尹先生很少关心她。我去过尹先生家多次,印象里从来没有遇到过她。尹先生家里,晓军的彩色、黑白照片镶满了好几个镜框,墙上挂得到处都是,小莉却只有一张后来脸上涂了点红颜色的黑白照片,还是上中学以前拍的,压在写字台的玻璃板下面,很不起眼。尹先生好像也没提起过她。所以相当一段时间,我都以为尹先生只有晓军这个独子。

尹小莉在市建设银行工作。有一次我去取款,碰巧她在柜台上,她发现了我的名字,问:"你是哪个单位的?"

我以为自己的签名出了问题,或者填错了身份证号码,忙说:"师大。"

她又问："中文系？"

我说："没错。"

她说："你是不是要考尹先生的博士生？"

我实在看不出这与取款程序有何干，而她又对自己的底细知道得如此详细，心中不胜诧异，说："是呀，你怎么认识尹先生？"

她像打嗝那样一颤一颤地笑起来，说："怪事，他是我老爸呀。"

尹小莉长得一点不像尹先生。

一个阳光灿烂的周末下午，小莉邀我去她家，我发现她的生活凌乱如市。沙发上堆满了各种各样的东西，什么裙子啦，文胸啦，丝袜啦，票据啦，眉笔啦，饮料瓶啦……应有尽有。我们就着小莉从街上买来的酱牛肉喝了七八听青岛啤酒。沾不得酒的我很快觉得眩晕起来。她把我直接引进她的卧室，随手打开录像机，塞了一盘带子进去，那是一部老片子：《野战排》。身着迷彩服的美国兵在越南的深山丛林中出生入死，用卡宾枪和匕首与越南人和蛇斗智斗勇，很是精彩。好久没有看到这么带劲的片子了，我沉浸其中，竟忘了自己身在何处，只觉得有一股浓浓的香水味从身后飘起。我尚未反应过来，小莉已经拉我上了床。她几乎是仪态万方地一件件褪去身上的衣服，然后又帮我脱。呆呆的我则显得像个任她摆布的木偶，脑子里一片空白。她不断变换花样，令我眼界大开，心醉神迷。事毕，她熟练地伸手到床头的一个柜子里去拽卫生纸，我看见里面有打开包装的避孕套。之前小莉说过自己已经离婚一年多了，这些东西立刻使我看到了小莉不为人知的另一面，也使我多少明白了尹先生不曾提及她的原因。我仿佛看到了小莉在我之前也曾与别的男人在这张床上如此疯狂，仿佛就在昨天，就在今天上午，然后我想也许她根本就没离开过男人。只短短一瞬间，我感到那个下午的阳光不再明媚。

小莉似乎察觉到了我的心绪的变化，撑起两条浑圆干净的胳膊趴在我的肩上，用牙齿咬住我的耳朵说："别再胡思乱想了，小乖乖。现在我心里只你一个人，以后你想怎么着就怎么着，我有点儿爱上你了。"

她故意用了轻描淡写的语气。

我有那么一阵子的确想到小莉也许真的爱上自己了，而不是像她所说的仅仅是"有点儿"。我还想到她身上确实有让我感到可爱的地方，比如她的自然自在。也许她的本质并不坏。我直到如今还认为她是一个非常善良的女人。但脑子里有另外一个声音大声打断了我：她根本不爱你，她只不过是在逢场作戏罢了。如果她愿意，她可以像更换火锅底料那样随便更换一个男人，她是"一只鸡"。

此后，神使鬼差般地，我又去了小莉那里几次。小莉尽管热烈如火，一如既往，但我心里总是疙疙瘩瘩的。每次去她那里我都有一种出卖自己的感觉，而就我的志趣而言是宁可将自己牺牲也不愿出卖自己的，所以这种感觉就像虫子一样在静静的深夜爬出来咬噬我的灵魂。我知道我不可能再爱上她了，这与时间无关。也就是说，无论和她在一起待多久我的态度都不会发生任何实质性的改变，我必须尽早结束这种令人难堪的关系。我推说自己要赶写论文，务必全力以赴。尹小莉为了我早日返回她的身边，将尹先生的《红楼梦》研究手稿偷来让我参考。我说不必。小莉托着我的嘴巴说:"呀,你正的什么经?欧阳怿就来借过这个的,但爸爸不肯。"

在这个充满男人和女人的世界里成长,我形成了一种挥之不去的印象,这种印象每每使人心酸。随着岁月的流逝,大多数女人越来越趋于雷同,因此除了体貌上的独特印记之外,将很难把一个女人从一群女人当中区分出来。妙龄少女各不相同,如果说她们是同一季节的同一种花,也会各有各的芳姿。在一地竞相盛开的栀子花丛中,羞涩的花瓣之上一滴不经意的露珠,一束斑驳陆离的阳光,在花茎之上一片翠绿欲滴的嫩叶,附近一双多情的、舞来飞去的彩蝶,都足以令人生出爱慕的目光。但当她们经历了人生中如花似玉的辉煌之后,未及中年便已匆匆抛却了自己因之而美的特点。说实话,现实中这种嬗变我见识过太多,其中不乏我所熟悉的,甚至也曾深深心仪过的女子。她们的变化使我悲叹美丽的短暂易逝。当然,我这样想,同时并不否认还有另一种女人的存在,她们那种独特的韵致并不因岁月的流逝而流逝,她们的容貌或许会有改变,但她们的美经过了岁月常常更加成熟,风采依然。从某种意义上说,这后一种女人的美,才是一种永不凋零的美。

我觉得于玫就是这样的一个女人。

我始终认为,能做于玫的同学,想来这是自己的幸运。大学时代的于玫聪颖美丽,与英俊潇洒的班长尹晓军手挽手走在校园的如琴湖畔、梧桐树下，引得许多人为之注目。但那时我除了曾在走廊的窗口偶然看了她一会儿之外并没有过多地注视她，倒不是因为她已经"名花有主"，而是因为她那生机盎然、风姿绰约的美叫人不敢面对啊。当然于玫也不会怎么注意我这个来自遥远的乡下，用洗衣粉洗头发，不知巧克力为何物的"土老帽儿"。我想，其余来自"他们的城市"的女同学跟自己的关系也是一样，大学四年，我基本上没怎么和女同学对过几回话。对于大多数女同学来讲，如果现在对我还残留一点点印象的话，那只能是因为在她们的相册中的毕业合影上多了我这么一个人。那时候走红台湾的歌星韩宝仪女士唱了一支什么歌来着——"女人爱潇洒男人爱漂亮"，我想真是对极了。就像潇洒男人只会爱漂亮女人一样，漂亮女人只会爱潇洒男人——潇洒和漂亮是大自然赋予那些幸运儿的一种与生俱来的特质。但就我而言，如果说潇洒是一种时尚漂亮的 car，我自己只能算作一辆勉强可以转动的破 bicycle。这是欧阳怿们恩赐给我的发明。这个发明受了一本叫作《爱国名车大观》的画册的启发。他们在市新华书店来学校举办的一次书展上发现了这样一本美不胜收的画册，于是如获至宝，几个人争先恐后地翻阅起来。翻阅的结果是丰富了对未来美好生活的想象：哦，美女+靓车！多么潇洒多么灿烂多么诱人的未来！他们甚至想到了将来的一些细节：在一个雨过天晴的周末，驾一辆光彩夺目的跑车，载着心爱的人儿上南京、下苏杭，或风驰电掣，或徐徐缓行，歌儿袅袅，风儿飘飘，优哉游哉，其乐陶陶！

而我，他们直接宣布，自然是没这个资格了。我充其量只是一辆从乡下骑来的破 bicycle 而已,并因此只能对他们做出一种仰慕的姿势。从此,"bicycle"便成了我的绰号。自惭形秽的我除了学好功课,哪还敢有什么非分之想呢?

我的心犹如一片死海,而于玫就像一枚跃出海面的朝阳,看到她,会叫人有一种别样的激动。当时我曾产生过这样一种冲动,如果能够拥有于玫的爱情,我会像一匹累死在青草地的驴子那样终身无憾。

但是时间改变了一切。几年过去,"虞美人"于玫却像一个破碎的梦一样出现在我的面前。

而我这辆破 bicycle,已经是这所名牌大学颇有些声名的 lecturer 了。

当于玫来到朝思暮想的晓军身边时,发现晓军已经很陌生,已经不是她过去的那个晓军了。她过去深爱着的那个晓军已经像蝉蜕一样蜕去了灵魂,只剩下一个虽然熟悉却飘来飘去的躯壳。这一打击几乎要将她毁灭。她不明白一个人为什么短短几年工夫会有如此之大的变化。晓军不再在乎她,对她的痛苦和要求不闻不问甚至冷嘲热讽,只知道我行我素跟一些不三不四流里流气的人鬼混、吸毒、挥霍。家,对于他来说就像一个沉重的旅店。而她,就像一本内容陈旧失去了大部分价值的课本,因此他可以随意驱使,喜怒由之,白天要么没空,一有空就往尹先生那里跑。于玫调过来之后,他们就没有在自己家里吃过一顿午饭。晚上也是一样,难得天天见面,回来一问他去哪儿了就没好气,就闪烁其词,不是说"男人的事,你不用管"就是说"都忙死,行行好,你就不要再来烦我了"。

于玫说:"那你也不能把我一个人扔在家里不管啊,早知道还不如不调来好呢。"

晓军就说:"那你再回去好了。本先生说话算话,谁拦你谁不是人。"

于玫说:"你就不是人。"

晓军说:"你敢骂我?"

于玫说:"我就是骂你!你是个大骗子,爱情骗子,我居然爱上你,真是瞎了眼!"

晓军说:"你有本事可以再去爱别人,我管才怪呢。本先生说话算话,可是你能爱谁呢,你可以去爱欧阳怿,早知道你和他有那么一腿,看来你还想旧梦重温啊。但是你以为欧阳怿会真心爱你吗?切!别做梦了,本先生再怎么不好,也比欧阳怿强。如果我能爱你一年,欧阳怿最多爱你一个月。一个月是什么?是一件衣服你懂吗?一件破衣服!知足吧你!"

于玫说:"你真无耻,你怎么是这么一个东西!"

晓军说:"你有耻,你别找男人呀!"

于玫恨尹先生。首先,她觉得弟弟之死,尹先生有不可推卸的责任。她的弟弟是被江轮的螺旋桨夺走生命的,她弟弟死时只有十九岁。一个十九岁的鲜活生命在滚滚江水里无声无息地消失了,再也不会回来了,而她的弟弟本来是可以不死的。在她看来,如果尹先生当年肯出面活动一下,她是自然而然会留校的,然后什么事情也不会发生。但是尹先生只考虑到了自己的儿子,为了儿子他什么都可以做,却不肯为她这个准儿媳操半点心,所以弟弟死了。其次,于玫自幼就梦想当一名教师,所以才读了师范。站在讲台上面对一双双明亮的眼睛是她最大的快乐。那是一种心与心之间的交流,是与蓝天白云一样高尚、与大地海洋一样广阔的交流,她向往那种交流的快乐。因此,她特别希望尹先生能用自己的名望为她说一句话,就像当年帮助晓军留校那样帮助她圆了这个梦。她想如果能够进入中文系任教,她也许就会从心里原谅尹先生,从情感上接受他这个爸爸。晓军已经不再爱她,她也已心灰意冷,她最后的愿望就是把一颗心交给学生,与学生们在一起。她不止一次地向尹先生倾诉了自己的要求。无奈人既已调入,尹先生对此再不积极,好像打定主意要拖下去,一直拖到于玫彻底打消这个念头为止。绝望之下,于玫只好到阅览室做了一名普通职工。

　　于玫则很少到尹先生那里去,下了班就回自己家。她不愿看到尹先生。她觉得尹先生这么多年已经在她心头投下了一片水墨样的阴影,愈洇愈重,最终变成一种藐视、一种恨,就像一座山压得她透不过气来。这片阴影是可以让她晚上做噩梦的。有时也想尊敬他,可是不行,尊敬不起来。不想恨他,却不知不觉地恨起来。走在路上,对面来了尹先生,于玫见了,一定会绕道走开,实在走不开,就宁可硬着头皮扭头向一个不认识的人问一声好,也不与尹先生打招呼。尹先生呢,见了她反而停下来,等着她回过头来跟自己打招呼,哪知她与别人打完了招呼就那么一低头径直从身边走过去了,弄得尹先生好生费解。对于于玫的疏远和敌意,尹先生是有所感知的,但他不知道已严重到了什么程度。

尹先生生日,晓军在市里有名的铁山宾馆订了一桌酒席,然后拎了一盒生日蛋糕,拉了于玫前去祝寿。来祝寿的还有小莉和尹先生的几个老友。席间于玫一直闷闷不乐,只顾低头吃菜。晓军点了蜡烛,要于玫和小莉跟他一起吹。于玫坐着没动。最后晓军要于玫跟他一起祝尹先生生日快乐,于玫仍然不说话,小莉冲于玫气呼呼地瞪着眼睛。尹先生只好说,好了好了,就当一家人聚在一起热热闹闹吃个饭,不用那么多规矩。晓军大为不满,脸都气青了,只是当着众人的面才强压怒火,没有发作。

晓军认为于玫丢了他的面子,一回家就开始算账:"你是不是故意要跟我过不去?"

于玫说:"我不高兴那样做,我不愿意做自己不高兴做的事,谁也别想强迫我。"

晓军说:"爸爸什么地方对不住你了,你为什么要这样伤害他?"

于玫说:"我没有伤害他,也不想伤害他。相反,是他伤害了我。"

晓军说:"你有完没完,难道你这一辈子都要记着那点小事吗?"

"那点小事?!"于玫大喊起来,"我弟弟被你爸爸害死了,你反而说是那点小事!我倒要问个明白,什么是大事?"

晓军说:"爸爸的生日就是大事。"

于玫说:"那是你爸爸的生日,与我有什么关系?告诉你,我恨死你爸爸了,我这辈子都不会原谅他!"

晓军说:"我看你都要不知道自己姓什么了,你还能上天不成!"说着就踹了一脚,于玫猝不及防被打得扑倒在地,痛得双手死死捂住了小腹。晓军冲她啐了一口:"臭婊子,真是不可理喻!"然后甩门而去。

于玫发现晓军对她愈来愈没有兴趣了。

一天,于玫在晓军换下来的西服上嗅到了一股陌生的香水味道,仔细一看,那西服的肩部赫然沾着几根她不认识的长发。

于玫心碎了,去医院打掉了已成形的孩子。

从此,心高气傲的于玫终日以泪洗面。

当我在阅览室见到她的时候,她已经憔悴成一朵风吹雨打后的月季了。她的面容由于长时间失眠的缘故而失去了红润,年轻依然但没有血色的嘴唇像久落水中的月季花瓣,黛青的眼窝隐隐有擦不去的泪痕,她的声音低缓而忧伤,当她站起来的时候,会让人担心她随时都可能倒下去。她就是这样出现在我的面前。或者说,我在她形容憔悴的时候来到了她的阅览室。

为了躲避小莉,也为了做论文,我整天泡在阅览室。

与于玫的接触便多了起来。

其实,我与于玫的交谈并不很多,因为我本质上不是一个健谈的人,也没有晓军和欧阳悻他们两个的那种魅力。在弄清于玫是否愿意跟我交谈之前，我们之间大多是互致礼节性的问候，简单谈一些无关紧要的话题。况且有些想说的话是不能随便就说的，怕不合时宜，反而令人尴尬。比如我总想知道她和晓军现在到底怎么样了（外界在传说晓军经常跟一些烟花女搅在一起），晓军是不是尊重她，和晓军在一起她是否感到很幸福之类。我还想说像她这么好的女人是完全应该得到幸福的，如果我是她的老公，我就会怎么怎么样，等等。但是我不能说。说了要么显得很庸俗，要么有乘人之危之嫌。这些话我只能搁在心里默默地想。即使在心里默默地想的时候我都要不由自主地感到脸红，好像我的脸变作了一张纸，而我的脑子里的所思所想变成了清晰可辨的文字，又违背了我的意愿在这张纸上明白无误地显现出来一样。所以我走近于玫时，往往什么话还没有说心里已经又热又烫紧张得不行了。倒是于玫要比我大方多了，见我来了，微笑着点点头，说："这么早啊。"

然后就转头忙她的工作了。

于玫的微笑使我大受感动。女人是水做的花儿，因此特别喜欢美丽蝴蝶的徜徉。她是不会在意一只青鸟的爱情的。但蝴蝶飞来又飞去，只有那只青鸟静静地守候在她的身旁，这时她才知道世界上有一种美虽然色彩绚烂，却是转瞬即逝的；而另一种无声无息的美才是与生命同在的不朽。当青鸟直插云天的时候，太阳已经升起，她能听到青鸟从云端为她撒下的歌声，高亢嘹亮、真切动人，青鸟就在爱情的歌声中被太阳烧熔，从此鲜花的天空无比清凉。这是一个既叫人心酸又催人泪下的爱情故事。为了于玫的微笑,为了心中的花儿,我想我甘愿化作那只为爱情献身的青鸟。

有一天晚上我走得很迟。不知什么时候外面已经飘起雨,在书库里能听到外面淅淅沥沥的雨声。我得说,这是一种特别温馨的感觉,我特别喜欢这种天气。在这种天气躺着读书或者干什么都好。我迷恋这种感觉。记得读硕士研究生的时候,为了做论文,我在学校里度过一个暑假。那个暑假雨水特别多,经常从下午或半夜开始就无缘无故地下起雨来,一下就是好多天细雨绵绵的不见天日,别人都唉声叹气,唯独我高兴得不得了。一个人歪在宿舍里捧着一本书看,历史或小说,也不用担心挨饿,放一兜点心在床头,什么时候想吃就吃一阵子,吃够了就看书,看个天昏地暗,累了就闭目想一会儿心事,兴许想着想着就迷迷糊糊地睡过去了,一睡一两个小时,外面一有什么响动立刻又醒过来,然后接着看书。那杂乱无章的雨声渐渐地就有了明快的节奏,像一支无言的歌,又像一首清纯的夜曲,悠然地、立体声地、像泉水一样亲切地抚慰着不知疲惫的耳朵,美轮美奂。这时候许多动人的美好的场景在想象的王国中大放异彩,从而使年轻、孤独的心灵充满快乐。

这个晚上走得迟,我想或多或少与外面的雨有关。此外,还因为查阅一份关于曹雪芹的重要背景材料,深受启发,想必对我的论文写作大有裨益,便拿出随身携带的卡片抄录起来。时间如雨在飘,不知不觉地过去。当我意识到有点迟的时候,眼皮都发了涩,一看表,天哪,11点多了!慌忙逃离书库。走到阅览室的办公室,发现于玫脑袋斜枕着重叠的双臂伏在桌子上,眼睛半睁半闭着,静静地等我。这样就开始了我们之间的第一次有实际内容的对话。

见我出来,于玫立刻从椅子上站起身来。我抱歉地说:"让你等了这么久真不好意思!你提醒我一下,我会早些出来的。"

于玫说:"看你,说得这么客气干吗?"

我说:"这么晚了,我怕我老同学可要等急了。"

于玫说:"怎么,你的导师没有告诉你吗,晓军进去了。吸毒加参与贩毒,判了3年。"她的声音平静如水。

我一下怔住了。在此之前我也影影绰绰地听说过晓军的一些情况,知道晓军在做一些自暴自弃的鲁莽事,心想晓军这是何苦啊。有一个知名教授、博士生导师的好父亲,有一个令人羡慕、美丽端庄的好妻子,还有什么幸福能够与之相比呢?但没料到会有这么一个结局。几天前到尹先生那里也没有听他谈起,老人家心里该是多么难过呀。

我沉默良久,不知说些什么好。当我想到要安慰她时,她却扑在我的怀里哭了。对此我丝毫没有感到意外,我觉得于玫就应该趴在我的怀里而不是趴在其他男人的怀里哭一场,因为我不相信这个世界上还有哪个男人比我更真挚地关爱她、注视她。我曾经说过假如让我拥有于玫的爱情,即使做一匹累死在青草地的驴子我也会终身无憾,就是这个意思。我站着不动,让于玫在我怀里尽情地哭,我想现在最难过的人也许就是于玫了。尹先生当然也会很痛苦,但尹先生的痛苦与于玫的痛苦相比,更多的是情感意义上的,而于玫的痛苦则非独是情感的,更是致命的。想想看吧,她曾经那么爱晓军,曾经那么钟情于他,把一个女人最宝贵的青春献给了他，把一个妻子最珍重的梦想寄托于他，那就等于是她的生命啊！晓军却一次次地使她受伤的心哭泣，而今又以如此令人难堪和绝望的方式离她远去，使她寂寞的旅途没有了目标，本已孤独的世界更加空空荡荡。

当于玫从我怀里抬起头来的时候，我看到了她疲惫的眼睛里燃起了一丝火花，那是由信任与感激点燃的生命和希望的火花。在她的眼中，我读到了一个弱者的坚强。

"我们走吧。"她说。

"那么走吧。"我说。

在门口，发现我没有带伞，她执意将自己的小花伞给了我。

"这怎么行呢？"我不同意。而且这也不合常规。

"别拒绝我好吗？我只是不愿意你淋雨，"她说，"而我，淋惯了。"

我看见她孱弱单薄的身影消失在黑色的雨幕里。

欧阳怪陪尹先生去看了一次晓军。

晓军所在的那个劳改支队在省城西边，又偏又远。尹先生一直想去看看。欧阳怪说那个支队长是他伯父过去的一个熟人，很讲义气，可以去找找，说不定会对晓军的问题有些好处。尹先生心想怎么欧阳怪的朋友到处都是，朋友好比宝藏，不能没有，但也不可能太多，太多是不现实的，特别是当今社会，一个人的朋友多得出了格儿就有了骗子的味道，他觉得欧阳怪就像是一个骗子。不管怎么说，他在某种程度上是骗过晓军的。对这一点，尹先生深信不疑并永远也不会原谅他。理智大声要求他唾弃欧阳怪，但现在有点类似于历史上经常出现的那种"非常"时期，非常时自有非常事儿，因此不得不与欧阳怪这样的人打交道。如果不是为了晓军，尹先生是不会搭理他的。欧阳怪这种人，虽然不至于没事找事地来蒙骗他，却也足以把事情弄得更糟，只怕到时候不但帮不了忙，反而累赘了晓军。这么一想，脸上就透露出不屑的意思来，说："那里可是劳改队呀，好办吗？"

欧阳怪说："这有什么，只要关系硬，监狱的门也能打开一条缝的。"

怕尹先生不相信，他又故作神秘地说这种地方也有可以发挥"关系"的余地，有了关系，虽然不至于把监狱变成自家的后院什么的，但劳改的犯人就可以不必从事过重的体力活，家属可以经常来探视，而且探视的时间、地点都可以随意，神乎其神。

尹先生有意不相信他所说的这一套，可看欧阳怪说话的口气不像在神吹乱侃，加上念子心切，就隐隐有些心动。最后竟依了他，说："那我们一起去看看吧。"

欧阳怪就用自己的夏利小汽车载了尹先生去找那个支队长。

支队长果然相当客气，言语上不仅没有一点傲慢，反而显得特别和蔼，跟老熟人似的。尹先生舒了一口气，就想毕竟是社会主义国家的劳改队，晓军在这里是可以让人放心的。支队长说："尹教授，尹晓军毒瘾已经强制戒掉了，就是情绪差些，待一会儿见了面，可以安慰他几句。"

说话间，派人叫出晓军来。尹先生几乎认不出了。晓军差不多变了一个人，彻底没了往日的潇洒和自信，见了尹先生和欧阳怿既未表现出吃惊，也没有露出喜悦。欧阳怿主动过去和他握了手，两个人把手紧紧地握着，互相注视着对方的眼睛。这样待了一会儿，欧阳怿没话找话："你要想开些老同学，多注意身体。"

晓军不冷不热地说："你什么时候也这么婆婆妈妈的了。这可不是你欧阳某人的风格嘛。"

欧阳怿说："老同学，这次来看你，我是真心的。"

晓军说："为了自己的目标，你总是有办法，这是你的拿手好戏，佩服佩服！不过我还是要谢谢你的帮忙，让我以这样轻松的方式见到了我的爸爸。"

欧阳怿两手一摊，说："老同学你这是从何说起呀。"

晓军没有理他，径直走到尹先生跟前，扑通一声跪倒在地，抱住尹先生的腿，像小孩子那样呜呜咽咽哭了起来："爸爸，爸爸！你都见老了。儿子不孝，对不住你！"

欧阳怿把支队长拉到一边，用了足以让尹先生和晓军都能听到的声音说："何支队长，晓军是我的老同学，尹先生是我们大学最著名的红学专家，是国宝级专家，晓军是尹先生的独生子。这里的一切可就全都拜托你啦！哦，这也是我伯父的意思。"

支队长说："那是那是，麻烦你转告欧阳书记，请他老人家放心好了。"

晓军说："爸爸，怎么于玫没有和你们一起来，她不愿意见我了吗？"

尹先生沉吟了片刻，说："走得仓促，忘记通知她了。"

晓军说:"我感到挺对不住她的。"

尹先生说:"你不要想得太多,要多注意保护身体,好好改造,争取早日回家。"

晚上,蚊子闹得猖狂,不入蚊帐在宿舍里坐不住,天又闷,便出门满校园逛,逛来逛去就鬼使神差地到了于玫的家。

于玫一点也不吃惊。她开了门,把我让到客厅的沙发上坐了,自己去为我拿饮料。电视开着,正在播放广告。我想于玫怎么连广告也看。于玫用健力宝为我兑了一杯张裕干红葡萄酒。

"晓军在家的时候就这么喝,"她说,"晓军有时候爱用啤酒冲生鸡蛋喝,说那样有营养,待会儿你也这么喝一杯吧。"

我闻到于玫头发里有一股浓浓的洗发液的香味。我说:"我早想来你们家看看,可一直没时间。"

于玫说:"是啊,你早该来的……老同学嘛。"

我说:"想来的时候,又怕打扰你们。"

于玫说:"那有什么,可你没想到单独来看看我吗?"

我说:"想过的,可是……"

于玫说:"怕什么,晓军?你的导师?还是我?"

我说:"都不是,我是怕不方便。"

于玫说:"有什么不方便的,我们不是老同学嘛,怎么欧阳悻就不怕呢?"

我说:"欧阳悻常来这儿?"

于玫说:"只要晓军不回来他就过来,他知道晓军什么时候不回来。我是想打我的主意,可我不欢迎他来。我欢迎的人却不来。"

说着话就抬头去看电视。电视里有一则周润发做的"首乌"洗发液广告,叫作"百年润发",周润发正在给一个温柔可人满面笑容的妙龄女子浇水洗发,适时地响起一支古色古香的背景音乐,哀婉动人。

于玫说:"这个广告美极了。我就是为了这个广告,才喜欢用首乌洗发液的。你知道这是为什么?"

我说:"喜欢周润发?"

于玫说:"没错,还真有点呢。"

我说:"周润发有风度,他演的《上海滩》听说迷倒不少纯情少女,没想到你也这么喜欢他。"

于玫笑说:"你没发现某个人长得有点像他吗?"

我说:"我?像他?我只是一辆破 bicycle 而已,怎么能同周润发相提并论呢?"

于玫咯咯笑了,那么嘹亮。

"终于看到你笑了。"我心里说。

"这个'典故'我听说过,"于玫说,"不过他们也不是什么 car 呀。我们那时候多么幼稚可笑,竟把表象当成了内在,把暂时当成了永恒,我现在才明白为什么有人说二十岁的男人只会侈谈幸福,而三十岁的男人才真正构筑幸福,可人们总是抵不住那些像白纸一样肤浅、像露珠一样短命的所谓潇洒的诱惑,女人尤其是这样。等明白过来,发现已经找不到原来的自己了。所以年轻有时候真不是一件好事儿呢。"

我吃惊于玫居然有如此的见解。大学时代的那个"虞美人"已经离她远去了,心头滚过一阵莫名的酸楚,不知是源于喜还是源于悲。

于玫说:"这味道你喜欢吗?"

我说:"喜欢。"

于玫说:"那我以后就一直用首乌,直到你闻腻歪了为止。"说着起身拿起一只高脚杯,倒进半杯多深的啤酒,然后到厨房里取了一只生鸡蛋,往杯壁上轻轻一碰,整个鸡蛋就滑进了杯里。

"你喝了吧。"她说。

我一饮而尽。带生鸡蛋的啤酒味道好极了,真没想到。

我说:"我不会腻歪的。"

于玫说:"你说什么?"

我又重复了一遍。

于玫笑笑说:"明天是周末,你不想换换脑子吗?"

我们躲开喧嚣的城市,乘轮渡过江来到对岸,相偎着在青草茁壮的江堤上坐了,俯视着江面,长时间谁也不说一句话。我扭头去看于玫,于玫也在看我。远远地能看到一个老乡引着一大群黄牛冲我们的方向慢慢靠过来,像飘过来一片黄色的云彩。江堤呈扇面向下缓缓铺开,从堤顶到水面足有50米,这就使江堤的坡度显得很小,如果贴着江面往前看,会以为看到了一大片平整的农田,不同的只是上面满是如盖的柳树和一尺多高的青草。不断有一簇簇黄的、白的、蓝的、粉的和红的小花点缀其间。江水沿着一条很长的曲线拍打堤岸，发出万千牛鸣般的低吼。空气震动着推进，惊炸了草丛间的小鸟、野兔和鹌鹑。有一种橄榄青色的小鸟煞是可爱，扑棱棱降落到我们脚边，一双小眼珠警觉地转动，肚子一鼓一鼓地急促呼吸着。当你定睛要看它一看时，它立刻又嗖地飞走了。

于玫说："它害怕我们。"

我说："它不应该害怕爱情的。"

于玫抿了嘴笑。

青草几乎把我们盖了起来。江堤的坡度使我们的视野非常开阔。我们就看江面上的驳船迤逦而过。不知什么时候，老乡和他那片黄色的云彩蹒蹒跚跚地走了。阳光暖融融地洒下。后来一张草绿色的被单裹住了我们，透进来的光线变成了柔和的绿色并且有了新鲜的生命生长的味道。我和于玫四目相对，痴痴地看着对方。于玫的呼吸甜甜地印在我的脸上。

晚上没回学校，直接去了围墙外的风雅楼。于玫几乎一句话没说就和我走进了这个带"星"的宾馆。在我登记住房的时候，她坐在大厅的长沙发上静静地等候。当吧台小姐问我们是不是夫妻时征询地朝于玫的方向看了一眼，我紧张地回过头去，正好看见于玫在冲小姐微微颔首。我自觉心头一热，好像滚过一股火山熔浆，周身的血液、肌肉、骨头立刻噼噼啪啪欢畅无比地燃烧起来。

一起走进订好的房间。我解开了于玫的第一颗扣子。我让于玫转过身去，开始给她脱衣服。当我替于玫脱去最后一件衣服的时候，于玫猛地转过头来紧紧抱住了我。我能感觉到她身体的颤抖。

于玫说:"我好害怕。"

我以为于玫改变了主意,两手扶住她的肩头说:"玫,你怎么啦?"

于玫说:"我总觉得你会离我而去。"

我说:"何以见得?"

于玫说:"不知道,也许是一种预感吧。"

我说:"不要胡思乱想了,亲爱的。"

第二天上午八九点钟才醒过来。当我们准备离开时,从我们对面的房间里走出了欧阳怿和小莉。欧阳怿和小莉见了我们吃惊的程度不亚于见了贾宝玉和林妹妹,而我们也一样。

我的关于宝玉结局的论文在学报上发表了,而且发了头条,配了"编者按"。据说论文是由尹先生审的,"编者按"也是尹先生写的。"编者按"对我的论文做了全面的评介,认为我的论文一反常说,不是将视角局限于作品与作家本身,而是从文化的继承与积淀的角度入手,独辟蹊径,大胆指出了追求爱情婚姻自由并不是从曹雪芹和《红楼梦》开始的,从《诗经》一路到《西厢记》《牡丹亭》《梁祝》,就已经形成了传统,但他的主要贡献在于他提供了传统中没有的新东西,即对全面个性自由的追求与对一种新的人生价值的追求。贾宝玉作为追求自由思想和爱情的"新人",他的"疯""傻""痴",其主要意义就在于此。贾宝玉所反抗的,不仅仅是家庭包办婚姻,更是扼杀个性自由的整个传统的伦理本位文化。进而说服力极强地提出贾宝玉在爱情的面前顶礼膜拜，实际上是在灵智和诗情的面前、在反封建君主专制主义的生活面前顶礼膜拜。因此，宝玉的最终出家，是对现实社会的一种攻击。这攻击的力量，主要表现在思想的意义上。论文一发表，立刻好评如潮。全国著名的复印报刊资料中心、高校哲学社会科学类研究成果文摘、《红楼梦学刊》等都纷纷转载和发表评介文章。我的关于宝玉结局的观点，被广泛引用。当然，这都是后话了。

尹先生的《红楼梦研究手稿》也正式出版了，三十万字，厚厚的一本，布面压膜精装，封面设计古朴典雅，深宅大院的背景上一双威风凛凛的石狮守卫着那高耸的猩红色门楼。著者的位置赫然并排印着他和欧阳怿的名字。尹先生神色茫然地拿着出版社寄来的样书，叹了一口气，自言自语地说："千古奇谈，千古奇谈。"

尹先生在我的信箱里放了一张字条儿：

速来我家一趟。

见了面，尹先生表扬了我，说长江后浪推前浪，我的论文超过了他的《红楼梦研究手稿》，我能在不长的时间内独立完成如此恢宏大气的论文，说明了我的前途之远大，说明红学研究后继有人，为此他感到由衷的欣慰。尹先生接着就谈起了他的手稿的署名问题，说了许多对欧阳怿的不满和无奈的话，说他内心里是看不起欧阳怿这类政客品质的人物的，那样做全是为了自己那个不争气的儿子。如果他的儿子身上有我的二分之一的优点，他也就知足了。

我说："尹先生您不要这么说，晓军有了这次教训，肯定会变化的。"

先生突然说:"那,为了晓军,看在你们曾经是老同学的分儿上,也看在我的面子上,请离开于玫吧,就算留给我那不争气的儿子一线希望。你是知道的,晓军也太可怜了。"

我想说于玫已经不爱晓军了,但我没说出口。

尹先生又说:"我已经决定了,如果你能答应我这个要求,我保证那个攻博的名额是你的。我宁可欠欧阳怿的这份人情。或者他一定要读这个博士,那就让他明年读吧。"

我说:"晓军真的还爱于玫吗?"

尹先生一愣,显然没想到我会问这个问题。他看了我一眼,有些迟疑地说:"我想他还是爱她的。前些日子我去看他,他还问起过于玫。他也知道他已经配不上于玫,实际上也确实是这样。唉,你可能也多少了解一些情况,我们全家都对不住于玫。可是,事已至此,我还能有什么办法呢?"

说到这里,尹先生话锋一转:"如果你能帮助一下小莉,我是不会反对的。"

这是尹先生第一次在我面前提及尹小莉。

我也注意到尹先生使用了"帮助"这个词儿。

尹先生开始目不转睛地看着我说话,我感到他的语气里包含了太多的恳求成分,这使我特别不舒服。说到最后,他几乎是在低着头自言自语了,这使我近距离看到了尹先生无比荒凉的额头和充满沧桑的皱纹。我发现尹先生竟衰老了许多,并因此有了一种想痛哭一场的感觉。

但我已准备放弃了。放弃一切，包括离开这个地方。我把这个决定告诉了于玫。于玫还是那么平静，平静得令人不安。

她说："我早料到了的，只是没想到会这么快。那么，你打算去哪儿？"

我说："海南。"

于玫说："去干什么？"

我说："还不知道。"

于玫说："其实你完全不必走的。如果你不想考博士，你可以不必考博士，如果你不想再爱我，可以不必爱我，这是你的自由，但你可以不必走呀。就像你从前那样，不是也挺好吗？我想知道，你是不是不再爱我了？"

我说："玫，你不要这么说，你知道我心里只有你。"

于玫说："那你为什么非得要离开呢？"

我说："我只是想逃避这个环境，我想到一个我不认识别人，别人也不认识我的新地方。"

于玫说："我可以跟你一起走吗？我什么也不要，只要能和你在一起就行，两个人真心相爱，就可以创造出一个新天地，我们会很幸福的。让我跟你一起走吧，你说过你爱我，是吗？"

我说："是的，当然……可是你不能跟我走。"

于玫说："为什么？"

我说："你不能离开这个地方，尹先生他已经老了。还有，你知道的，晓军用不了多久就会回来了，我怎么可以带你走呢？"

于玫说："我明白了。"

我去拥抱于玫。于玫木呆呆的一动不动,泪水从她眼眶里涌出。我替她拭去泪水。于玫躲开了,说:"我明白了,我早就应该明白的,可是我曾经以为你和他们不同,实际上你们都是一样的。好了,那你走吧。"

我说:"玫,你说什么,什么都一样?"

于玫摇了摇头,不再说话,也不再看我。

我要离开时,于玫一下子扑过来,在我的脸上深深吻了一下,说:"谢谢你,谢谢你让我爱过。"

我说:"玫,别怪我,其实我……"

于玫果断地打断了我:"你还是什么都不要说的好,就让我们,彼此都留个好印象吧!"

在我身后,于玫把门"嘭"地关上了。

晓军被假释回来时,于玫自杀了。这时候我还没有走。我刚刚订好了远行的车票,然后就在系里听到这个消息,还以为是自己的耳朵出了毛病,但很快就从人们震惊与无奈的神色中证实了这消息的可靠性。我拔腿往于玫家跑去,远远看见晓军像个疯子一样从家里冲出来,在楼下一棵孤独的老柏树上把自己撞昏过去。于玫家来了许多人,好像还有公安,进进出出,一片混乱。开始不是家属不让随便进,后来让进了,我跟在几个老师的后面走进于玫的房间。于玫洗了澡,化了妆,穿了一身草绿色的亚麻连衣裙,在床上安静地躺着,头发里继续散发出新鲜的首乌洗发液的香味。这是她生前最喜欢用的一种洗头液。床头摆着两只盛过安眠药的小瓶子。于玫把两只手优雅地放在胸前,像在捧着自己的一颗心。

我痛心疾首。如果没有我,于玫或许不会走到这一步。我觉得应该自杀的是我。我是一个自私卑鄙的懦夫,一个十足的伪君子。

殡仪馆的车来了。于玫被人放到一副闪耀着寒冷光泽的不锈钢担架上抬走了。晓军声嘶力竭,跪在地上大放悲声,一边拼命薅扯自己的头发。尹先生走过来对他说:"你走吧,愿意去哪儿就去哪儿,走得远远的,别让我再看见你。"

年底正式报名时,无竞争对手的欧阳怪也宣布不考博了。有人揣测这与省里出了一件不大不小的事件有关。这一天他在省报头版上读到了一则醒目的消息:

因与某非法集资案有牵连,省委副书记欧阳××引咎辞职。

满头华发的尹先生,这届竟没有招到博士生。

方楼往事

一

　　下面一些事情的发生是从改名换姓开始的。比如，校园西北角矗立着一座独立的四层方楼，乳白色调，原叫出版大楼，是专门为校属出版社建造的。建成后校报又借驻进来，出版社开始只给安排了一楼的一间。后来校报不断蚕食，直至整个一楼都成了校报的地盘，不再是出版社一家的，于是楼名就改成方楼了。

　　一楼走廊两侧的几个房间分别为校报的新闻中心（兼总编室）、编辑部、会议室、激光照排部、发行部，其中最大的是位于走廊西侧的编辑部，八十多平方米，墙壁上开了两扇铝合金落地玻璃窗，窗外茂盛着丛丛簇簇的大红月季，花开时香气浓郁如水，吸足了太阳的热烈，可以一直喧腾到深夜里去。

　　出版社和校报编辑部都不是多么热闹的单位，又地处僻静之角落，照理说，到这里来的人应不会太多，但有人常常借口找人来敲校报编辑部的门，煞有介事地问一句"××是不是在这里上班？"然后迅速丢下一句"对不起，找错地方了"即扭头离去。"余音"犹在，人已不见踪影。也常常有好事者走在方楼外面的马路上突然放慢脚步，佯作赏花状。其实就是想趁机看看临窗而坐的黄美人。这当然是白搭。黄美人临窗而坐是不假，却是背靠窗户坐的，极少面对窗外，也极少站在窗前。那些心存念想的人啊，就算透过窗户看到了编辑部里的黄美人，也仅仅是黄美人稍显清瘦的背影。

我到报社之前就对黄美人有所耳闻，能与这样一个大众情人共事意味着有令人艳羡的大把机会。对于内心深处渴望绯闻的我而言，自然是一件求之不得的好事，但我心里明白自己的初衷并不是为黄美人，而是为自己的嗓子来的。校报是校园文化主阵地，为加强校报编辑力量，学校从各学院在编教师中公开招聘编辑。读美术专业出身的我因扁桃腺炎症并发了慢性咽喉炎，久治不愈，越来越不适合站讲台，想想校报也算是偌大校园里一块斯文之地，并且通常用不到嗓子，就这样自告奋勇从学院到了校报编辑部。

黄霞便是传说中的黄美人，披肩长发，衬着一张月季花瓣一样自然天成的脸，五官组合近乎完美，体形是介于丰腴和消瘦之间的那一种，肌肤像小羊羔的膀胱一样透明，能感到每一寸肌肤下面蔚蓝色的血管和里面的汩汩热流。因为无可挑剔的漂亮，她大学期间曾被选到军事博物馆做讲解员，这段时间就接触到一些上层的头面人物。原来这上层也是一个生态圈，其中有的明里是社会知名人士，暗里可以说很下作的，下作到其动物性暴露无遗。清高孤傲的她不吃这一套，也自然不受待见，没干多久就转业到了一家合资医院做护士，又遇到一个市领导的孩子因抢救无效死亡，她作为当班护士也受到牵连，于是辗转就到了校报编辑部。一路走来，有不少男人追过她。印象最深的还是在军事博物馆的时候，一个年轻的军官曾经专门为了看她而多次到馆里来，记得他头发乌黑光亮，就像是每一根都从发根到发梢认真洗过似的，有一次还请她转交一本外国小说。那军人把小说塞给她就匆匆离开了，也没有说明转给谁，也没有来得及留下联系方式。黄霞打开小说，里面夹着两张连在一起的电影票，用意再清楚不过。但是情窦初开的她内心里却展开了激烈的斗争，她不知道这样贸然去了到底合不合适，斗争的结果是没有去。当然之后他再也没有来。当然之后再也没有类似的之后了。行将奔四，依然落单。

我来报社后，办公桌恰好就在黄霞对面，不承想她居然对我已有研究。我刚坐下，还没想好如何跟对桌的美人说话，她已经开始招呼我了："老姚，以后有空时帮我整一幅肖像画吧。"她年龄比我大几岁，初次见面就称老，有尊重的意思。我也叫她老黄。

二

留板寸平头的刘参军是报社的头儿。校办干事出身的刘参军在晋升为宣传部副部长之前基本是默默无闻的，用专业的说法就是"留白太多"。他工作努力但成绩平平，梦想有所改变但找不到突破口，一起参加工作的不少同事都已经成长为副处甚至正处级领导干部了，而只有他还待在原地守队形，除了荷尔蒙水平不断上升之外，在事业上可以说始终是原地踏步。曾经的同事陆续成为他的上级，开会时人家在主席台上当老师，他在台下当学生、当服务员，搬椅弄凳，端茶倒水，还要觍着笑脸。这让他格外焦虑和意气难平。日复一日、雷同、枯燥且毫无起色的机关事务一点点销蚀掉他的青春，也一点点销蚀掉他的理想。他的理想就是宁为鸡头不为牛后，但总感觉遥遥无期。

说起来，校党委分管组织和人事工作的卜维舟副书记应该算是他的贵人，是卜副书记发现了他这块被掩埋在泥土里的金子，并把他从土堆中扒拉出来。然而刘参军与卜副书记的第一次接触，也是非常关键的一次接触是因为他的更名事件。刘参军原来不叫刘参军，叫刘金蛋，父亲给起的，土得掉渣儿。那个百无聊赖又炎热的暑假里，他无处遁形，只好端坐在电视机前当观众。他看电视的习惯是不停地更换频道，如果看了一小时的电视，那么就等于他更换频道用了一个小时，电视机荧屏就像不停地摇动一样。不知为何，那阵子他一反常态地锁定午间新闻，并且将这一模式维持到暑假结束。他注意到不长的时间里午间新闻断断续续报道了三起刑事案件，发案地点、时间各有不同，可每一起案件的嫌犯都姓刘名金蛋，也就是说短短数日之内一共有三个叫刘金蛋的犯罪嫌疑人被捕。这让他感觉很不舒服，似乎意识到自己一直不得志的症结之所在了。

由此他一心要改掉"刘金蛋"这个晦气的名字，虽然这是拜父亲所赐。而要改名首先要改动自己的户口簿，这才知道超过十八周岁再更名有多么艰难。首先要说明自己就是刘金蛋但不想继续是刘金蛋了，然后要说明刘参军就是未来的刘金蛋并且再也不是刘金蛋了。虽然这听上去有些拗口，但他不想再和刘金蛋有任何关系却是决心已定。从学校公安处到学校驻地派出所几乎跑断了腿，费了数不清的口舌，最后公安处通知他必须经卜维舟副书记签字同意，这样就有了与卜副书记的第一次私人接触。卜副书记字还没签，突然问他是哪里人。刘参军说："卜书记，我是潍坊人。"

卜副书记又问潍坊哪里的,刘参军说:"卜书记,我是潍坊寒亭的。"卜副书记眉头往上一扬高兴地说:"哎哟哟哎哟哟,我就是想找到一个像你这样子的小老乡,没承想你自己找上门来了,好呀好呀,我也觉得你的名字要改一下。"自此,他在政治上有了转机,不久就被任命为学校党委宣传部副部长兼校报主编。

踌躇满志的刘参军从此自信满满,官气十足,不再像以前那样畏畏缩缩,说话的语速也不知不觉加快了。刘参军以每分钟一百七十个字左右的语速兴致勃勃地逐条阐释他的改革思路,说话间突然抬手舞动起来,因为动作过大而腕臂之间协调性不够,不小心把面前的一只盛满茶水的水杯横扫下去,跌落在水泥地面"哗啦"一声粉碎了。热水溅到了桌子下面,坐在一边的编辑夏飞飞张开嘴巴痛苦地"啊哟"了一声,立刻低头去察看伤势。几乎与此同时,会议室的门也"吱嘎"叫了一声,随后从外面挤进一张陌生的脸来。刘参军这个手势引起的碎杯溅水情节和开门声如此里应外合,如此突如其来,着实把大家都几乎吓了一跳。尚未缓过神来,只听那陌生的脸说:"请问这儿是出版社吗?

这样的货色见多了。蔡小军毫不客气地呛了回去:"恁眼睛还好使不?能看见门牌吗?"他右眉心有粒黑痦子,一急就朝上飞扬。

"啊啊对不起找错地儿了。"

"快走吧恁!"

然后那张脸飞快地瞄了在场的人一眼,像幽灵一样速闪了出去。

我鹰隼一般迅捷的目光捕捉到黄霞的眉头微微皱了一下,那是表示无奈或者厌恶。我也对她做了一些"研究"。听说她老早就是省作协会员了,还在读中学的时候她的作品就上过《××诗刊》《××文学》。大学毕业尤其是参加工作以后虽然坚持业余时间写诗,然而无论如何不再拿出去发表了。我依然记得自己多年之前曾在晚报副刊读过她的一首《我心已逝》:

当诗人像那芦苇/遍地疯长的时候/世俗的追逐从此是国王的新衣/贾而好儒的喧哗窒息了宁静的日子/月亮冰冷垂钓天池的孤独/而潮水开始浑浊/无心的灯光虚伪地歌唱……

据说这是她作为诗人最后一首诗,也是她对自己的读者的一种统一回答。

三

编辑部里面,只有兼摄影记者的蔡小军与刘参军走得近一些。因为两人名字里都有个"军"字,编辑们私底下就称他们大军、小军。年龄跟刘参军差不多的蔡小军有句名言:"现在不同从前,要当好领导并且有人缘,依我的观察,感觉有两个联系很关键:既要密切联系上级领导,又要密切联系下级群众,刘部长可能您联系群众这块还不够呢。"蔡小军知道刘参军心里的小算计,时刻惦念着两个美女编辑,这话就有投其所好的意思。刘参军半嗔半怒地说:"你小子!脑子里一天到晚都装了些什么。"不过转而想想蔡小军说得也对,自己作为中层干部通常每周开好几个会议,从会场到会场跑个不停,编辑部却很少过来。除了蔡小军之外,他与报社几个编辑基本上是陌生的。"好人靠嘴，好亲戚靠腿"，这是他家乡的谚语，现在看来非常在理。情感往往是从共享时光的相处开始产生的。共同度过一些时光是最容易拉近空间距离的。他告诉自己以后有必要多来编辑部走走。

　　不要小看蔡小军。半圆脸的蔡小军乍看上去稚气未脱，一开口就会出卖口腔两侧各有一颗黄白相间的龅牙，随后爆出一个鼻音齁齁的"恁"字来，一双细眼睛像在跳绳一样眨个不停，又让人觉得少年老成。蔡小军是本科毕业后留校的，读书时是校报学生记者，笔头子勤快，又会联络人脉，只要有评奖总少不了他的份儿，而且他往往拿头奖。起初奖励只是一种精神鼓励，内容后来逐渐丰富起来，先授一纸奖状，后授一本布面烫金奖状，再后来有了烫金奖状加奖金，而且奖金越来越丰厚，从数百到上千。他慢慢就有些遗憾，寻思如果从一开始就有奖金的话他每年的学费早就不成问题了，还可以用来耍耍女朋友。蔡小军很有一些社交能力的，全校机关部处凡是科级以上、院系主任以上领导干部的联系方式他都有，而且他们所发生的任何变动他也了如指掌，比如谁晋升了谁调走了，谁要晋升了谁马上就调走了等都难不住他。学校的任何部门、教学院系和研究所，只要有需要，他都能及时前去深入采访，包括校领导。

　　夏飞飞是编辑部里唯一的江南女子，她是作为人才家属来校的，丈夫是海归博士，按政策规定享受带家属的待遇，她自然就成了"博士后"。生在长在江南水乡，她对水感情深厚些，受不了北方的干燥，办公桌上常年摆着一台加湿器，那加湿器从周一到周五"刺儿刺儿"释放着梦幻般的蒸汽。她的普通话总体上非常漂亮,却近乎固执地将"黄"念作"王",提到黄霞名字时听上去总是王霞。黄霞就忍不住纠正她:不是王,是黄,黄,黄。夏飞飞就附和说:对,王老师不是黄,是王王王。为了证实自己的发音准确,还拿起蘸水钢笔专门在一张 A4 纸上写下一个大大的"黄"字。黄霞就不再吱声。

一直以来,编辑部的卫生都是搞轮值,几个编辑每人一天,但是效果并不好,主要是这种事情并非本职工作的一部分,不计入年终考核,属于义务劳动。轮值表从周一到周五还好记,碰到节假日就容易乱。还有,保不准谁都有个意想不到的事情,你这边刚给安排好了,那边立马就给打乱了,譬如今天"博士后"的小孩子又发烧了,明天黄美人早上八点整才赶到,小军则随时可能有拍摄任务,因此常常是计划不如变化快。按说这点活并不累,充其量也就是八十多平的空间,主要是,这类事情一旦成为例行公事,日子一久或事情一多就难免被敷衍。我索性自己挑起来,反正闲着也是闲着,不是有很多人愿意晨练吗?做一点体力活也应该算作一种晨练。每天提早十五分钟到编辑部,风雨无阻,先打开两扇窗户透气,再把办公室卫生打扫好,然后去锅炉房打回两暖瓶开水。日复一日,大家也就习以为常了。差不多到了上班时间,编辑们前后脚进了门,我已经把办公室清扫完毕,开水到位,窗明几净。

这天蔡小军突然有了新发现,说:"我刚才去过财务处,我发现姚老师的工资是我们编辑部第二高的,第一是刘部长,第二名就是姚老师了，比咱几个都高一大截呢！"

夏飞飞说："这有什么好奇怪的，工资又不是从谁那里抢来的，是国家给的，人家来编辑部之前已经当过教师的，又是研究生毕业，我们呢无非本科，这有什么好比的。要比，你也努力发奋去读一个研究生好了。"

蔡小军说："我是说，姚老师承包了办公室的卫生，往好处说这是学习雷锋好榜样，往坏处说这可是无端剥夺我们劳动的权利啊。现在我可以安心让出这份权利了。多劳多得，姚老师多劳一点也是应该的啊。"

到这时我才知道他的意思，就说："小军说得对，这是应该的，反正我早睡早起习惯了，到了办公室就先搞搞卫生，活动一下手脚。"

黄霞听不下去了，说："对这种无聊至极的话题本来我没兴趣插话，但我现在觉得有必要也说两句。我觉得这样挺好的，大家有缘在一起来共事，按说勤者多劳一点也没有什么关系，老姚心甘情愿为大家勤快说明他心里有善，大家应该常怀感恩之心，不要觉得都是天经地义的，这个世界上从来就没有什么是天经地义的。我的意思是，大家既然能相聚在一起本来就是有缘，有缘的人就应该互相珍惜才是。"说到这里，她的声音骤然低下去，谁也不知道这份缘可以持续多久。

夏飞飞说："是啊，王老师说得对，这就是所谓'一期一会'呀。"

蔡小军说："是黄老师，恁怎么总是王老师。夏老师什么是'一期一会'啊?"

夏飞飞说:"我是说王老师呀,王老师刚才不是已经说过了吗?看来你还没有学会喝茶呢——等你学会喝茶就知道了。"

蔡小军说:"是,我是不喜欢喝茶,喜欢喝咖啡不行吗?"

夏飞飞说:"那不一样。烟台苹果跟莱阳梨能一样吗?"

我说:"我这里正巧有个小说来稿叫作《一期一会》,写得还不错,等刊出来看看就明白了。"

正说着,刘参军哐地从门外冲了进来。他看上去有些懊丧,不耐烦地从上往下反复挥舞着手说:"我看你们几个还是蛮悠闲的嘛,工作时间还有这么大兴致聊天呢!"

夏飞飞眉头一皱说:"怎么了,刘总编?——不是才刚刚上班吗?"

黄霞说:"咦?我就奇怪了,我们这块言论阵地还有言论自由吗?"

刘参军剜了一眼蔡小军:"好了,别争了,我们马上去会议室开一个短会吧,出了一个事情,有点急。"

原来是编要闻版的蔡小军出了状况。本来这一期头版要刊登一篇阚校长冒雨到学生食堂与大学生共进午餐的报道,叫作"校长午餐有约"。当时是蔡小军前去拍摄,用的是新添置的佳能单反,快门揿了不下二十次,哪里料到镜头盖居然没有打开,全糊掉了,早上印刷厂准备制版时才发现这个大乌龙。"报纸马上就要制版印刷,这个窟窿怎么补?"刘参军一边说一边就要发飙的态势,两只眼睛向外瞪出了血。

这的确是捅了一个大娄子。空气仿佛骤然冻结,整个编辑部像从天花板开始压下了一层铅字那样沉重。蔡小军先表态说,造成这一事故完全是由于个人责任心不强所致,愿意接受批评甚至处分,说完就毫无必要地交替搓着两只手。

一阵短暂的沉默后,夏飞飞扔出一句"现在花时间讨论这个有意义吗",就自顾自地在加湿器释放出来的蒸汽里抿着茶。

黄霞抿了一把头发:"飞飞说得是,都到什么时候了,不如赶紧把解决办法来思考。"

几个人七嘴八舌说了一通,然后互相否定,然后从头再重来一回,陡然加重了会议室沉闷的气氛,拿刘参军的话来描述就是"全是一些姨妈意见"。至于什么是"姨妈意见",他也没做进一步解释,总之是不给力了。他两手捏成拳敲击着桌子,几乎在哀号一样地说:"这事情如果处理不好,作为部长我要负领导责任的,等于辜负了学校对我的信任啊!"

蔡小军说:"刘部长你骂我吧。"

刘参军说:"骂你顶个屁用,赶紧想办法呀。"

"大家看这样行不行?"我说,"我们不是要改革吗?不如从现在就改起来。我们不如大胆作一幅钢笔画,作精致一些,形神兼备,说不定会收到意想不到的效果。"

黄霞、夏飞飞齐声叫好。有人带了头,就像在杂草纵横的泥淖里开辟出一条通途,其他人看来也没有更好的办法,刘参军便接受了我的建议。蔡小军飞扬着眉心的黑痣子说:"姚老师大显身手的时候到了,这次就看您的啦。"

算是歪打正着,结果好评如潮。据说阚校长自己见了也格外喜欢,捧着报纸赞不绝口,专门打电话向编辑部要了五十份,说是自己要珍藏十份,另外四十份送友人。

四

心情好的时候,黄霞有时会利用编辑或者画版之间短暂的闲暇,侧身向窗,身体稍稍后倾,微闭双目只让自己飘浮在染了月季色的熹微光线里,这时的感觉就像踅入自己的世界。如果遇到天气晴好的周五午后,编完了稿子的同事们陆续散去而夕阳尚照,她兴许会趁机翻几页小说。她喜欢双手捧书,让自己沉浸在情节的演绎中,缓缓陷入遐思。

我正在润色那篇《一期一会》,没有急着走,抬起头来,发现黄霞正在盯着打开的书页出神。她在看福克纳的《喧哗与骚动》。能看出她的眼睛里面映射着大片大片的光影,在云雾缭绕的原野之上恣意流淌、盘旋,而美就在其中了。这本身就是一个极富画面感的情节。静静地欣赏这幅画面会让人联想到和平、遥远、淳朴的村庄和凄美无声的历史传说。我心想这形象简直活脱脱就是一幅《睡莲》般的油画呀。我下意识地舔了一下自己的厚嘴唇。本来想抓拍下来,担心惊扰了她引起她的反感,相机拿出来又小心翼翼放回去。

"老姚你想拍照是吗?"

"嗯,是的老黄。"

"为什么呀?"

"你让我想到了油画。"

"真的吗?"

"是的。"

"老姚你什么时间会比较有空呢?"

"老黄有事你说。"

"我一直在想,你什么时候有空,给我画一幅肖像吧。行吗?"

"行。周末或者假期会好一些。老黄你是想要素描吗?"

"素描当然也可以,不过最好来一幅油画,我比较喜欢油画。"

"呃好的,这个最终完成可能需要几个月时间。得反复修改。不过可以先把草图弄好,剩下的根据照片补就行。"

"现在想拍吗?"

"嗯。现在的光线柔和,拍出来效果一定很好。"

"那么你来拍好了。"

"好的呀。"

"假期吧,如果你能拿出时间,到我家里给你画。"

"嗯好的,假期时间充裕些。"

而想象中,我已经在为黄霞画起来了。我感到"机会"已经莅临。照时下的标准,她实际上已经是一个标准的"剩女",真难以想象她身材居然如此动人。一个慵懒的周末午后,我支好画架,摆上60cm×90cm细纹亚麻画板,旁边是上好的温莎牛顿油画颜料。黄霞裸躺在沙发上,长发像林间瀑布一样沿着肩膀的轮廓倾泻而下。窗帘只剩下窗纱,阳光极尽柔顺地透进来,吻在这个妙不可言的受光体上。旁边是她逐一褪下的衣服组件，乳罩放在最上面，发出阵阵类似雅诗兰黛的芬芳，恬静地缠绕着画师。她的乳房释放出强大的感召力。在所有的颜色中我最喜钛白，为此我特别准备了一支大号管的，我知道白色应该是这幅画的主色调了。

过了很久，我都弄不清这究竟是梦境还是现实。

五

这天下午，夏飞飞和蔡小军突然理论起来。一开始，两个人还刻意抑制着调门儿小声嘀嘀咕咕着，不久音量就放开了，开始"直播"。蔡小军口中说着"我现在没空，刘部长找我有点事"，就想溜之大吉。夏飞飞却不依不饶："这样的话你好像说好几次了，每次都说刘部长找你有点事，今天干脆我们一起找刘部长去，反正这件事情今天一定要弄清楚。"后来动静越来越大。大家逐渐听明白了，原来夏飞飞指责蔡小军的账目不清，每期校报的稿费都是蔡小军负责从财务处领来，然后到他那里取。有的忘记了取，还有的剩下一个零头，这个钱就都留在蔡小军那里了。有一笔上个学期的稿费，夏飞飞忘记了，偶然看记录才想起来，发现蔡小军没有发。她以一个江南妹子的直觉认为这是有问题的。

蔡小军气恼夏飞飞疑心病重，两人嚷嚷着去找刘参军。几分钟后，三个人一起回到到编辑部。刘参军说要向大家了解情况，其他几位有没有遇到类似的情况，准备做个定论。黄霞就说她也有这个感觉，小蔡的一些做法可能是有瑕疵的，有几个教工作者曾向她反映稿费的标准不一,同一版块且字数相同的稿子,稿费时多时少。黄霞说,但愿这仅仅是一个误会,否则就应该立刻把思想来端正,几个碎银子是个小事情,如果是思想问题就是大麻烦了。我说,不如请小军向大家说明一下,有没有这个问题。刘参军说:"整个事情来龙去脉我还是清楚的,大事小事小军都会及时向我报告,小军肯定没有过错。可能是有的稿费没有发出去,但是剩下的钱也不能退回财务,小军都把它作为社里的日常开支了,是这样吧?"蔡小军说:"刘部长是这样的。"夏飞飞哼了一声:"既然这样,为什么不早说呢。"刘参军说:"算了算了,我看此事就到此为止吧,大家的用心都是好的,有些工作纯粹是尽义务性质的,好歹都是为这张报纸,有些事情彼此多理解就好了。"

但是蔡小军死活不肯再兼这个差事了。

最后这个差事交给了夏飞飞。

六

这一期的副刊我准备用那篇叫作《一期一会》的小说。刘参军审阅后批上"晦涩难懂,建议暂缓发表"的意见,还顺便推荐了大学生记者郭彩琴的一篇散文,评语赞美有加。一段时间以来,郭彩琴一直是校报最火的学生作者,几乎没有之一。她来编辑部可谓轻车熟路,找得最多的人是蔡小军,后来蔡小军也不怎么找了,只要总编室开着门就直接找刘参军。所以她写的文章原来是蔡小军推荐,后来成了刘参军推荐。她写的报道、通讯、散文,下冰雹似的频频出现在各个版面（按说这是不合常规的）。这篇散文原来写得很一般，我提了修改意见。蔡小军帮助修改过，而且几乎是"大修"，我是知道的，但我认为文章还是有些空洞，不着边际的议论太多，文学性是不够的，建议彻底修改。我认为《一期一会》没问题，坚持要用，文学就是文学，不是文件也不是会议报道，不可能像新闻稿那样主旨鲜明、一目了然。

刘参军对此老大不高兴。他指出这种事情绝对下不为例，责任编辑必须服从主编的终审意见，声称要把这次自作主张作为一个事故来对待，扣发年终奖金。没想到编辑部立刻炸了锅。夏飞飞首先表示不平，说："如果论事故，这也不应该是第一起呀，编辑部最近已经出了好几起了吧！为了表示公平正义，要不要一起算呢？"黄霞也说："刘主编怎么定性这是你的权力，最终当然由你说了算。不过，你虽然贵为主编，但是每个版的责任编辑如果连对稿子的基本判断都被操纵，那还有什么意义呢。这张报纸你一个人能办得了吗？"蔡小军说："要不我们也民主集中一下，大家投投票看看？"黄霞说："这是绝对不合理的。如果没有政治问题，就应该首先把责任编辑的劳动来尊重，如果连这点都保证不了，我建议以后各个版每篇文章都由主编定夺好了，我们这些责任编辑只负责画画版岂不更省心？"我说："刘总编，我认同黄老师的意见，如果作为责任编辑的权利不能保证，我想我只好准备离开这个单位了。"刘参军有些懊恼，猛地打了一下不伦不类的手势说："我看这个倒不必了！"

下了班，我和黄霞是最后离开的。

我对黄霞的支持表示感谢。

黄霞却说:"知道吗,你是我见到的第一个手指甲这么干净的男人。"

我下意识地低头看了一眼自己的手指甲。连续几天苦思冥想,不明白这句话的含义。

七

刘参军要推动"有奖找错",新闻出版总署允许的编校差错率是不高于万分之二,他提出更高的要求,不高于万分之一,这个目标非常之艰巨,稍有不慎就会撞线。但是刘参军认为这也是校报改革的重要步骤,先是在中缝,后是在综合版,再后来是在要闻版发出"有奖找错"启事,报纸一从印刷厂出来找错即开始,包括教职工和大学生在内的任何读者都可以找错,每个错误只奖励第一个读者,以第一个打进电话或亲自到编辑部指错的读者为准。暂定每个错别字十元,而且无时间限制——当期没有被发现的错字以后发现了也算数。自家小孩自己养,责任编辑嘛,谁编的版谁负责,找错奖金由责任编辑支付。说白了就是扣责任编辑当月的奖金。这下好了。就像戳了马蜂窝。报纸刚印完,编辑部的座机就开始响个不停。印刷厂是最先看到报纸的,于是找错的电话往往是从那里打来,然后是从机关,从工会,从学生会……一时间似乎所有的读者都能从中发现错别字,都比编辑校对水平高,而每一个版面都有漏网之鱼。

如此一来，编辑部里很快热闹起来。之前来编辑部的或者真的来找谁，或者借口找谁而只是为了看看黄美人，现在来编辑部的都是为找错而来的。电话打到爆，要不就是电话里说不清楚，于是一批接一批，一拨又一拨，原来稍显宽敞的编辑部简直人满为患了。

争议也出现了。比如"做贡献"与"作贡献"，有的读者认为应该是"做"，有的则认为是"作"；比如"融合"，有的坚持"融合"是正确的，有的则认为应当用"溶合"。都认为自己是正确的，争得面红耳赤，不亦乐乎。蔡小军已经跟几个来找错的读者吵了起来，眉心的黑痦子上下翻飞。他一看来找自己的人太多，撂下句"您再等等，卜书记找我有点事儿"，然后拎起相机溜之乎也。

我说："这都成了农贸市场了，这样的环境能坐得住吗？还能安心编稿子吗？"黄霞说："这都是凭拍拍脑袋想来的馊主意，'有奖找错'以来成天把编辑部弄得这样闹哄哄的，正事儿我看就不用做了，以后编辑部直接名为'有奖找错办'，专门摘接待好了。"最惨的是夏飞飞，这一期的一篇千把字的评论，主题是谈差别的，"差别"这个词一共出现了十几次，但是其中有三处误将"差"输为"羞"，按规定就要扣除三十块钱。这钱虽说不多，但是她觉得不合理。工作量这么大，还要求这么严格，精神都要抑郁了，甚至为此耽误了相夫教子，夏飞飞表示这是不可能接受的。而刘参军铁了心要坚持，他认为这么多读者来找错，恰好说明校报的编校质量亟待提高，从长远来看这是一件好事情、大好事情，有必要长期坚持下去。至于读者一齐拥来影响了编辑部办公，这个好解决，可以考虑集中拿出半个工作日专门应付这个问题。相信以后随着编校质量的提高，这种状况一定会改观。他娴熟地打着手势说。

为了找错，编辑部下班的时间明显晚了许多。印刷厂到点下班关门大吉，因此值班编辑将硫酸纸送印刷厂的时间往往就要延迟到第二天上午，一上班就要马不停蹄赶去印刷厂。为了避免可能的疏失，制版过程中我也养成了快速浏览校对的习惯，渐渐就和制版的操作工混熟络了，便要求冲洗 PS 版的速度慢些，再慢些，这样可以把版面上的标题、署名、句首和句末的文字再大致梳理几遍，尽可能把可能存在的错别字找出来。一旦找到错别字，可以立刻联系责任编辑，通知激光照排部重新打印硫酸纸。这样虽然可能导致晚出报个把小时，却也因此发现了不少制版前未能发现的失误，报纸的编校质量明显提高了一大截。

一个下雨天，制版车间的地面起了潮，我正在目不转睛地盯着一个 PS 版的版面看，操作工不小心脚下一滑失去平衡，"哐当"一声，制版箱几乎弄翻，显影液瞬间飞溅起来，像一盆洗脸水一样兜头浇下。我眼前一黑，眼窝深处立刻迸发出一阵被利刃刺中般的痛。

我被送到了医院。

当天上午，蔡小军、夏飞飞带着激光照排、发行等部门的几个同事来医院看望。清洗之后，我眼睛敷了药，打了绷带，又麻又痛，感觉绷带下面始终在打恶仗，像一根燃烧的铁丝不断往眼睛里捅，又不断被一股清水立刻浇灭了，铁丝被浇灭时似乎还要剧烈抽动一下,于是麻与痛高频交替着,掺了泪水和血水的液体不停地从绷带下面流出来,但脑子还清醒着。大家围绕我的伤势说了一会儿话,多是同情和安慰。离开时,蔡小军说:"刘部长上午在宣传部有个例行会议,让我代为表达慰问。"

我表示感谢。

夏飞飞说:"王老师可能有些不舒服,也委托我们代为向你问候。"

我问:"啊,老黄怎么了?"

夏飞飞说:"这几天降温幅度比较大,可能有些着凉吧,应该很快就好了的。"

我说:"哦,那就好。"

到了晚上,我听到走廊门口护士和一个熟悉的声音的对话。声音说:"眼睛危险不?"护士说:"还不清楚,很难说,得看恢复情况。"声音说:"需要多久才能恢复呢?"护士说:"不清楚,很难说,这个因人而异。"声音说:"睡着了吗?"护士说:"可能已经睡着了,麻药起了作用。"声音说:"没关系,我进去就看一眼,轻轻的,不影响的,来都来了。"我没有吱声,心怦怦乱跳,此时此刻,才明白自己一直在等待着、期盼着,又觉得自己好奇怪,这种时刻,怎么可以有这样的奢望呢。脸上不禁微微有些发烫。一会儿就感到自己的脸上覆盖了温柔的头发,这发香我怎能不熟悉啊。长发柔柔飘起,然后自己的脸被另一张脸轻轻抚摩了一下。似乎有泪滴落下,落在我的脸上。

我忍住一动不动,不知过了多久,抬手去摸,泪滴却没有了。

印象中，黄霞本来有些慵懒的。看过我之后，感冒有加重的症状，第二天她去校医院开了一盒藿香正气水，只用了半盒的样子感冒就已经康复了。一早赶来编辑部，打开窗户，满办公室就飘起月季花的芳香。后来我才知道，在我眼睛受伤住院的两个多星期里，我原来负责的工作除了美编她做不来之外，其余的她都默默地替我承担下来，包括打扫卫生，包括当值班编辑时跑印刷厂。真是难为她了——当然这是后来夏飞飞告诉我的。

我的眼睛保住了，但视力大受影响，配了一副高度近视镜，戴着昏沉沉的。

按刘参军的说法，现在是读图时代，因此包括副刊在内的所有版面都要尽量使用图片，要限期消灭没有照片（含美术作品）的版面。原来说好了由蔡小军负责为各版提供照片，但稿酬问题出来之后立马没了积极性，出现了"断供"状态。这就给各版造成了很大的被动，其他几位编辑的情绪很大，刘参军却似乎拿他没办法，反过来要求每个编辑同时也必须是记者，都应迅速具备相关的能力。蔡小军是指望不上了，因此我逐渐随身带上一只相机，只要有空就出去拍，拍摄范围从校园风光到大学生活动，应拍尽拍。因为视力变得不济，拍出的照片许多都是不够聚焦的，有的只是一团模糊的块状线条，冲洗后再百里挑一。平常越来越不得闲，这些事情也只能利用周末做。这样就在不经意间拍到了蔡小军和大学生记者郭彩琴在一起的画面，好像蔡小军在对她费力地劝说着什么，郭彩琴则时而低着头双手捂住脸，时而蹲下身去，像是在哭泣。

距离还有一段,他们说些什么也听不清楚。

八

报社外面突然纷纷攘攘。

上次"有奖找错"以后,专门在报纸的中缝里补发了启事,以后找错一般不鼓励本人前来,还是以打电话的方式为主,每个找错电话限制在一分钟内,以免影响后面的读者拨入。电话里实在难以讲清楚的,可以在每周五下午来编辑部,如果编辑部已有读者在等候确认,当超出三人时请自觉在编辑部外走廊里排队,有序进入。

这天是星期四,因此这次不像是为"有奖找错"的事情。先是有一男子踹门而入,嚷嚷着找刘参军。原来声称来找人的人多半是顾左右而言他,目的只是来看一眼黄美人,所以声称要找的人通常不会是报社的人,如今这么明确地找刘参军还是第一次,而且门是被踹开的。这是一件不同寻常的事情。蔡小军抬起头来,问道:"恁要找刘总编?"

男子身后还跟着三五条壮汉。男子恶狠狠地说:"找的是刘参军,管他总编不总编。这个天杀的货色!"

蔡小军痞子一抖,有些气恼。他离开了座位,走到门口伸手指了一下说:"刘部长不在这个办公室,他在隔壁的隔壁。"

然后就听到外面热闹地吵将起来。

几个人簇拥在一起,骂骂咧咧,反扭着刘参军的胳膊出了方楼。

大家半天才弄明白，原来女大学生记者郭彩琴肚子大了，竟是与刘参军有关。

黄霞推开桌上正在画的版样，兀自发出一声轻微的叹息，旁若无人地伫立着，冷冷地看着窗外。

事情很快查清了。大学生郭彩琴虽身为受害者，但在整个事件发展过程中亦有动机不单纯的过错，经研究给予记过处分，同意休学一年，保留学籍一年。刘参军没有像郭彩琴家人所坚决主张的那样去局子里坐牢，但是被"双开"了。卜维舟副书记因用人失察被省厅和学校党委责令做出深刻书面检查。蔡小军为达到某些个人目的在本次事件中扮演了不光彩的拉皮条角色，给学校干部队伍建设造成了莫大损失。此外，稿酬发放中确有贪污行为，虽数额不大但影响很坏，限期向学校财务退还不当所得，责令其做出深刻检查并调离报社，限三日内到印刷厂制版车间报到。

学校责令宣传部重新调整报社领导班子。"博士后"夏飞飞代理中心主任和总编辑，由我协助夏飞飞处理报社日常工作。夏飞飞正准备不久之后随丈夫赴美国佐治亚州立大学访学，她在第一时间向学校提出辞呈并推荐了我，希望请我来担此重任。

学校同意了夏飞飞的建议。数日后，学校决定由我代理主编，立即开展编辑部的整顿工作。由于人手不够，报社获批面向全校再招聘编辑三到四名。整顿期间，校报暂时休刊若干天。

九

黄霞被查出了乳腺癌之后已经是晚期。从确诊到去世也就是一个月的时间。

开始谁都蒙在鼓里，编辑部只知道她请病假了，开始是一天，后来是一周，再后来是连续两周。一天又一天不见来上班，大家的心里就犯起了嘀咕，那种不祥的预感越来越具体。等到获悉她患癌，已是她弥留之际。大家的心情就像遭遇急冻那样一下子陷入冰雪世界。夏飞飞的签证办好，出境之前想跟新同事们一起去医院与她见一面，不料医院禁止探视。重症监护室外面有一排油漆斑驳的塑制靠背椅，几个人站在椅子前面，眼睛巴巴望着病房紧闭的白色铁门。穿了一身素色绒布衣裳的夏飞飞叫了一声"王老师难道我们此生再也不能相见了吗"，就痛苦地呜咽起来，蜷缩着瘫软下去，我赶紧一把抱住她。然后大家凑上来，我们互相紧紧拥抱在一起，一起浑身颤抖，一起任热泪冰冷地流淌。

有几个同事是新来的，他们和夏飞飞一起离开了医院。我一个人留下来，坐在吱吱嘎嘎的椅子上发呆。混合着过氧乙酸和来苏水味道的空气里仿佛有月季花的气息。我坚信黄霞一定还在和我一样呼吸同样的空气，而且她不会让我失望，她一定会等我的。护士长出来了，问我："你是姚甲甲？你可以进来看一眼病人。"

护士长带我进入旁边的更衣室，消毒、戴口罩，换上了病号服。

护士长向我交代了三不准：不准影响病人的情绪，不准说话，不准情绪有任何波动。

我握住黄霞的手，感觉到生命正在从她的指缝间溜走，眼睛从未有过地酸胀，大滴大滴的泪珠不由自主落下来。

黄霞生前说的最后一句话是："老姚你还欠我一幅油画肖像，请把我的眼角膜来利用吧，这样，以后我就可以看到你的每一幅油画作品了。"

黄霞提出捐献眼角膜，指定受捐人为姚甲甲。

多年以前在一个设备齐全的牙科诊所，为了修补一颗饱经沧桑的智齿，我紧闭双眼安静地躺在白色的机械椅上，顺从医生的指令张满嘴巴，被略施麻醉之后随着一阵尖厉的喧嚣响起，感到整个口腔中弥漫开一种焦煳味道，那是电动打磨机在飞速旋转，将牙齿瞬间磨成齑粉。现在这种味道似乎再次升腾并弥漫开来，从口腔到鼻腔到整个头部了。

黄霞陷入深度昏迷，再也没能醒来。

已经飞抵佐治亚洲的夏飞飞从电子邮箱里给我发来信件，向我询问黄霞的讯息……